心一堂香港文學叢書・馮守剛作品

每日一言

馮守剛 著

書名：每日一言
系列：心一堂香港文學叢書・馮守剛作品
作者：馮守剛
責任編輯：潘國森

出版：心一堂有限公司
通訊地址：香港九龍旺角彌敦道610號荷李活商業中心十八樓05-06室
深港讀者服務中心：中國深圳市羅湖區立新路六號羅湖商業大厦負一層008室
電話號碼：(852) 90277120
網址：publish.sunyata.cc
電郵：sunyatabook@gmail.com
網店：http://book.sunyata.cc
淘宝店地址：https://shop210782774.taobao.com
微店地址：https://weidian.com/s/1212826297
臉書：https://www.facebook.com/sunyatabook
讀者論壇：http://bbs.sunyata.cc

香港發行：香港聯合書刊物流有限公司
香港新界大埔汀麗路36號中華商務印刷大廈3樓
電話號碼：(852)2150-2100　傳真號碼：(852)2407-3062
電郵：info@suplogistics.com.hk

台灣發行：秀威資訊科技股份有限公司
地址：台灣台北市內湖區瑞光路七十六巷六十五號一樓
電話號碼：+886-2-2796-3638　傳真號碼：+886-2-2796-1377
網絡書店：www.bodbooks.com.tw
台灣秀威書店讀者服務中心：
地址：台灣台北市中山區松江路二0九號1樓
電話號碼：+886-2-2518-0207
傳真號碼：+886-2-2518-0778
網址：www.govbooks.com.tw

中國大陸發行 零售：深圳心一堂文化傳播有限公司
地址：深圳市羅湖區立新路六號羅湖商業大厦負一層008室
電話號碼：(86)0755-82224934

版次：二零二零年一月

平裝

定價：港幣　一百三十八元正
　　　新台幣　五百九十八元正

國際書號　978-988-8582-89-1

心一堂微店二維碼

心一堂淘寶店二維碼

作者簡介

馮守剛先生，資深傳媒人，曾在「麗的電視」（一九六九年至一九七一年）及「佳藝電視」（一九七三年）擔任新聞主播。

馮君早年曾任「澳門綠邨電台」節目編導，藝名「司馬雲長」。馮君又為短篇小說作家，多年前曾刊行《死亡彎角》、《愛在深秋》等短篇小說。

二零零六年將五十篇短篇小說結集，題為《人海傳奇》。

二零一七年十月出版《片言片語》。二〇一九年出版《似詩非詩》，現更有這本《每日一言》，與讀者見面，希望大家喜歡。

心一堂香港文學叢書・馮守剛作品

當你放火時，你要衡量你有
沒有放火的權？
當你點燈時，也要想想你有
沒有點燈的資格？
這就是因其位，做其事。

做個良相最好，做個良醫不錯。如果兩者都不能做到的時候，你只好安份守己，做個良民好了！

對人類社會有貢獻的人，無須分別他的性別，這是沒有意義的。

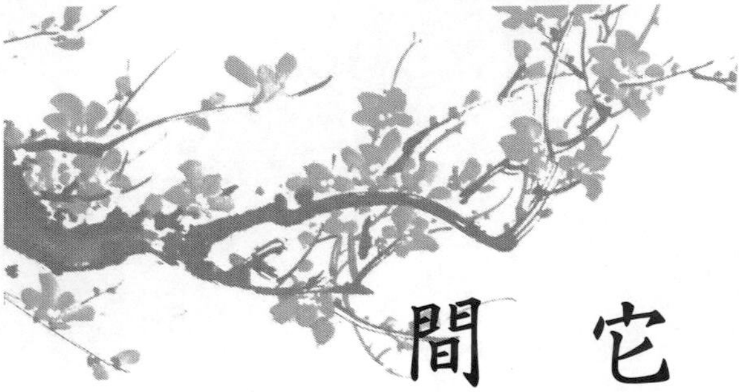

不想知的事，不要去想它。不想忘記的事，設法忘記它，這樣你心中便會多了空間，生活便多了快樂。

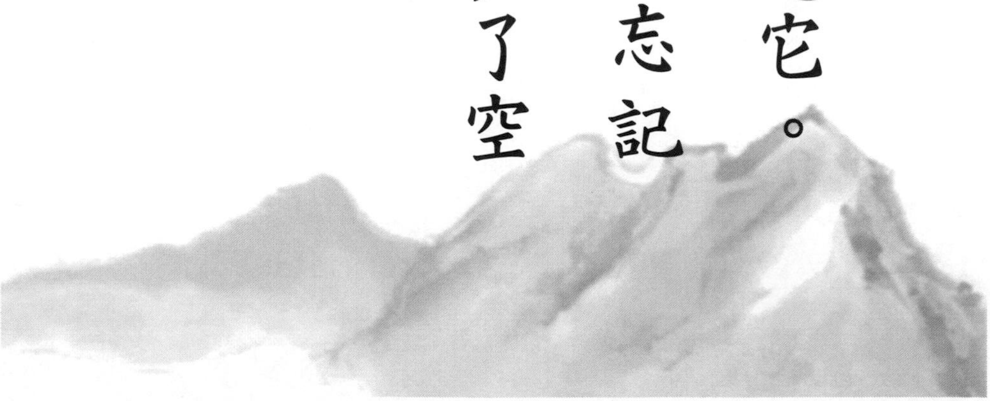

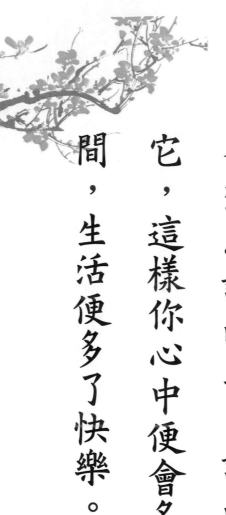

智慧全憑天賜予，
成功但靠苦耕耘。

幽默像機器中的潤滑劑，使你可以在眾多朋友中穿梭游走，贏得更多掌聲，更受歡迎。

理想在夢中，計劃在心中，實行在行動中，最後成功與否？都在命運之神手中。

凡物必有其價值

凡人必有其可取

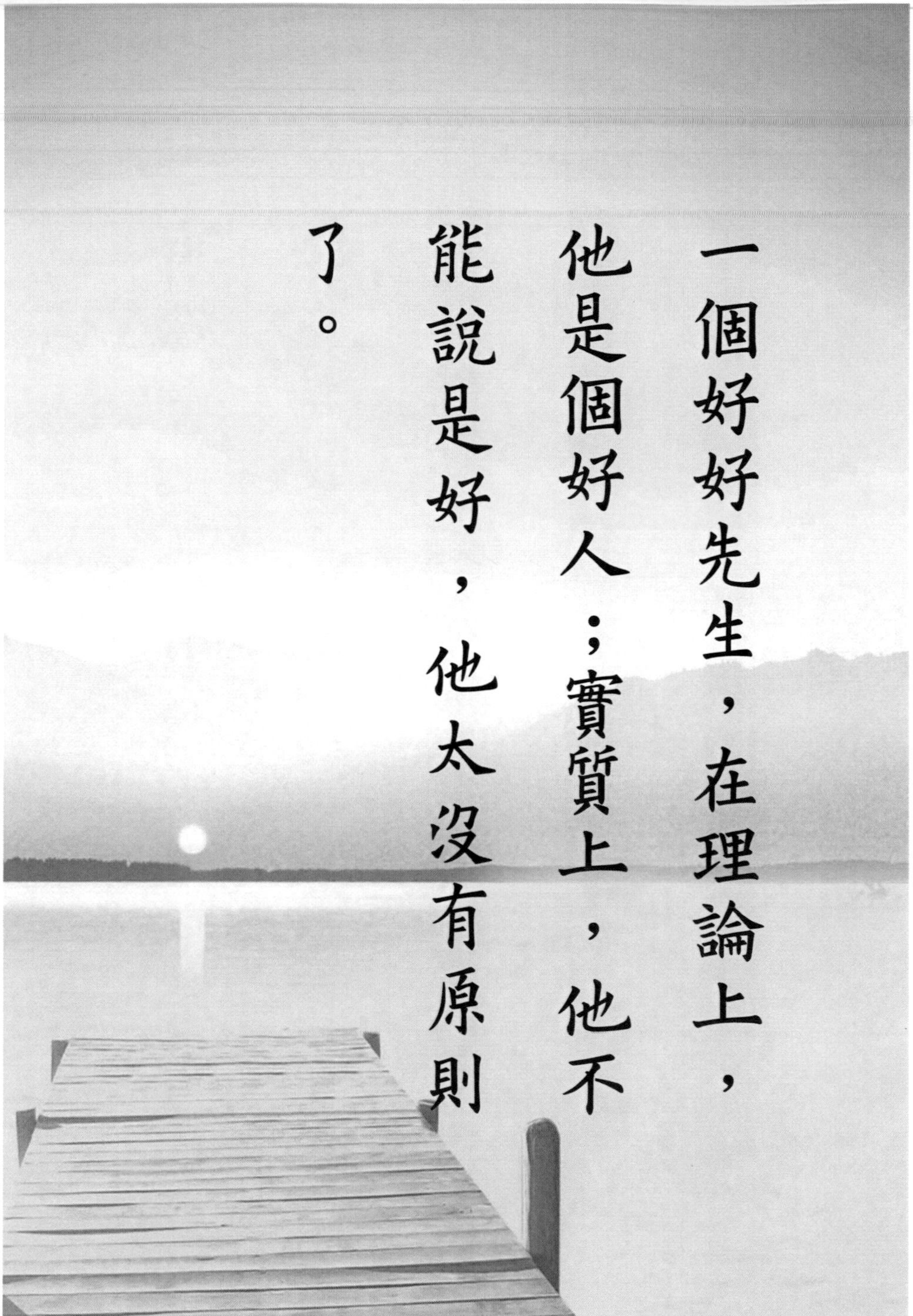

一個好好先生，在理論上，他是個好人；實質上，他不能說是好，他太沒有原則了。

有人勞心，有人勞力。勞力傷身，勞心傷神。傷身可見，傷神不露。其實，傷神比傷身更傷。

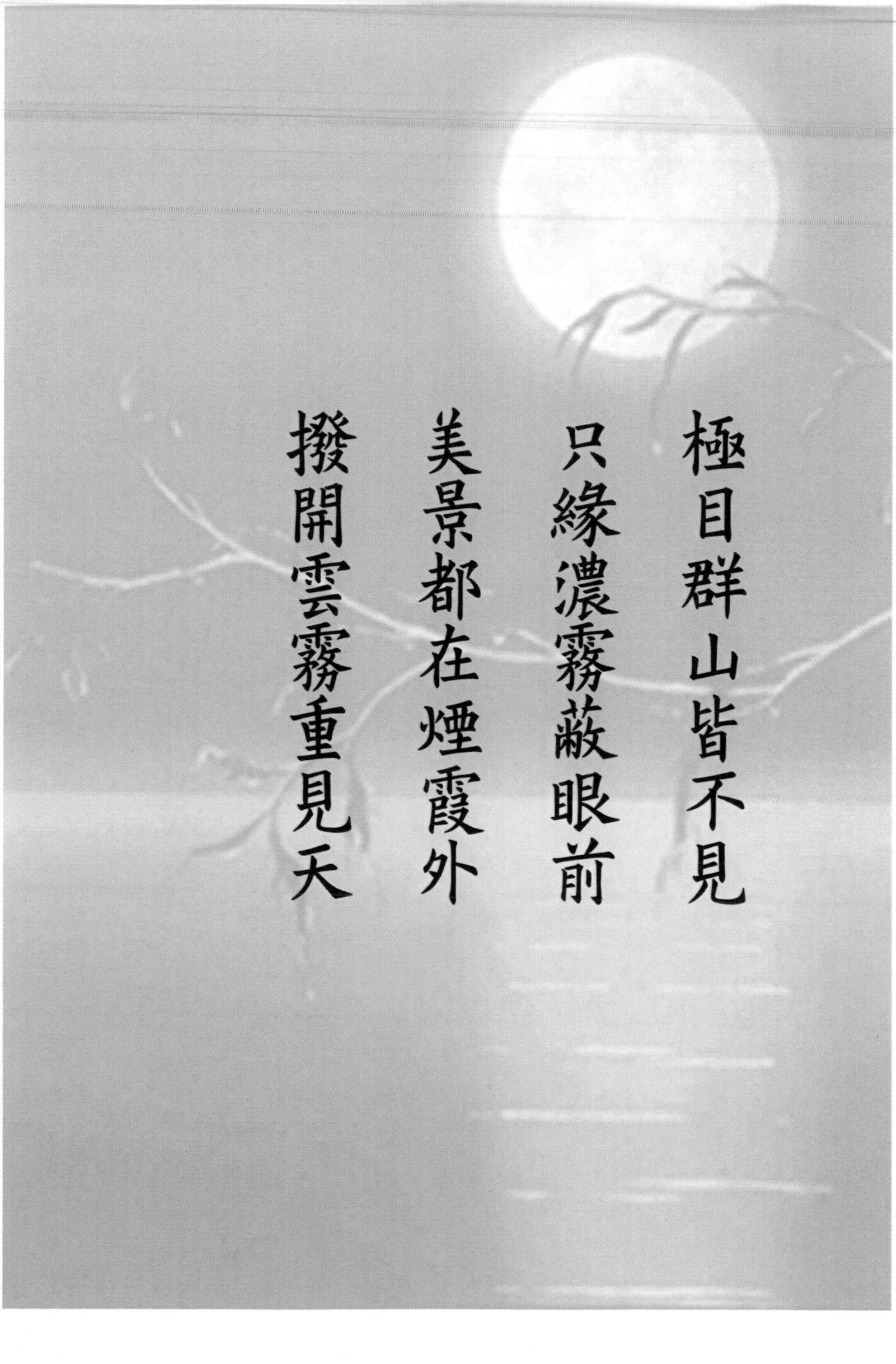

極目群山皆不見
只緣濃霧蔽眼前
美景都在煙霞外
撥開雲霧重見天

雖有彭祖壽
難積穀千斗
雖有田萬畝
獨欠耕地牛

藝術自然是最美

文字通達是最真

狗永遠是人類的最好朋友，牠信賴你，對你百分之一百忠心，永不離棄，在你孤獨時陪伴你。所以俗語說「豬朋狗友」，對狗實在太不公平了，許多時候，你的好朋友比狗也不如，願你的好友，多向狗學習。

慾望是一匹脫韁之馬。如果你不用理智去駕御牠，不及時懸崖勒馬，你便粉身碎骨，永不超生。

為吃而生，為生而吃。這樣吃吃生生又過了數十載。人生真的無聊！

過了長亭又短亭，
送兄一程又一程。
叮嚀！叮嚀！

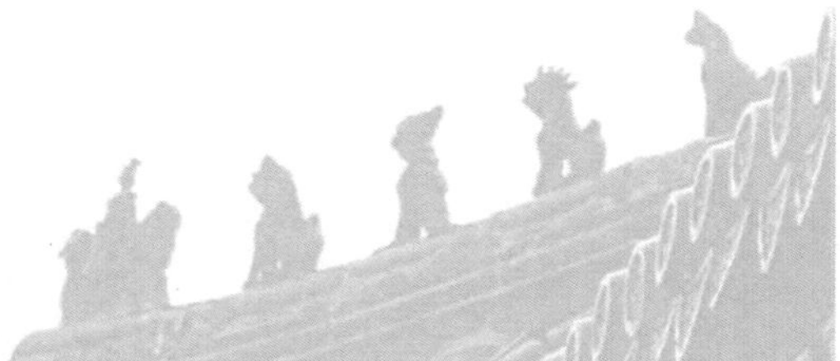

福星，祿星，壽星
不及手中酒一升。
財神，食神，門神
不及懷中一美人。

朋友不怕多，敵人只求少。聰明人設法把敵人變成朋友。愚蠢的人卻把朋友變成敵人。朋友！做個聰明人吧！

世上最小的東西殺傷力是最大
的，細菌便是。
世上最大的東西是最快滅亡的，
恐龍便是。
他們的力量和他們的體積不是成
正比的。
所以，不可輕看小的東西。

時間永遠一分一秒地前進，也一分一秒地奪去我們的生命。時間是永恆地運行，不會停止的。我們的生命卻有一日會停下來，劃上了句號。

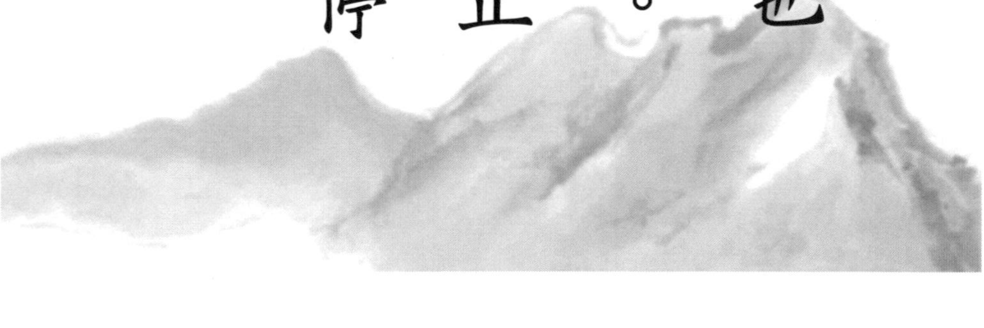

入山騎老馬
渡水用新船
穿鞋要取舊
會客披錦裘

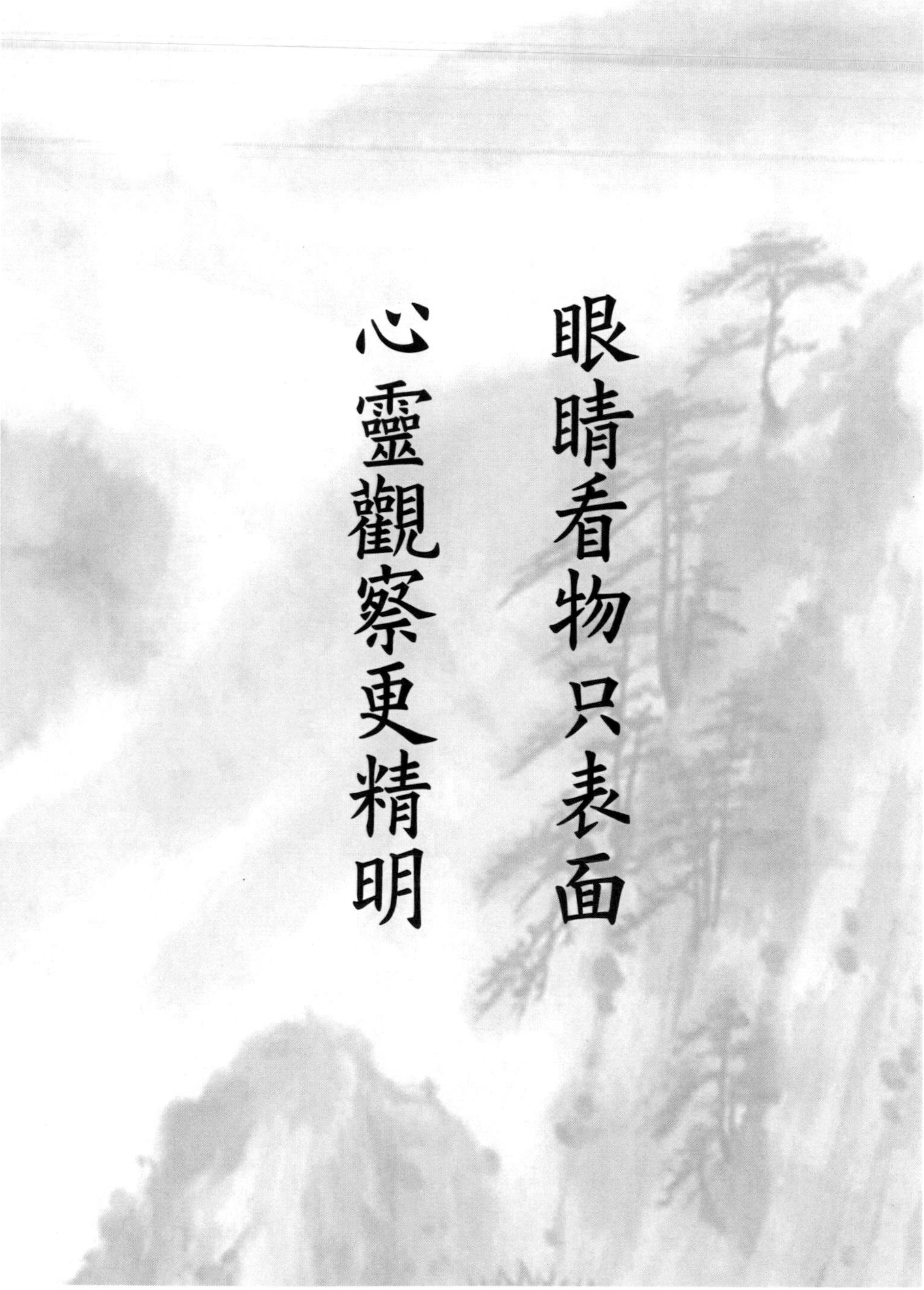

眼睛看物只表面
心靈觀察更精明

貧變富喜，
富變貧悲。
是喜是悲，
把握時機。

人生漫長，誰不犯錯？只要
知道錯了不再去犯。
這個「知」字最重要。

幸福不是甚麼也擁有，相反的是甚麼也沒有。只有這樣，你便不受得失帶來的困擾，這就是幸福了。

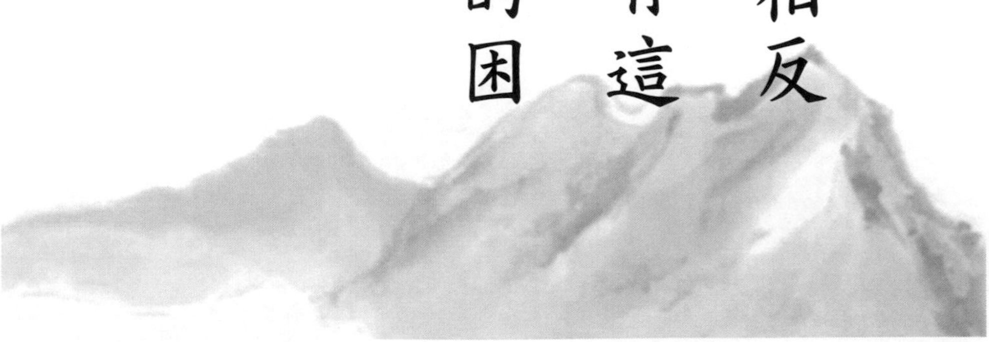

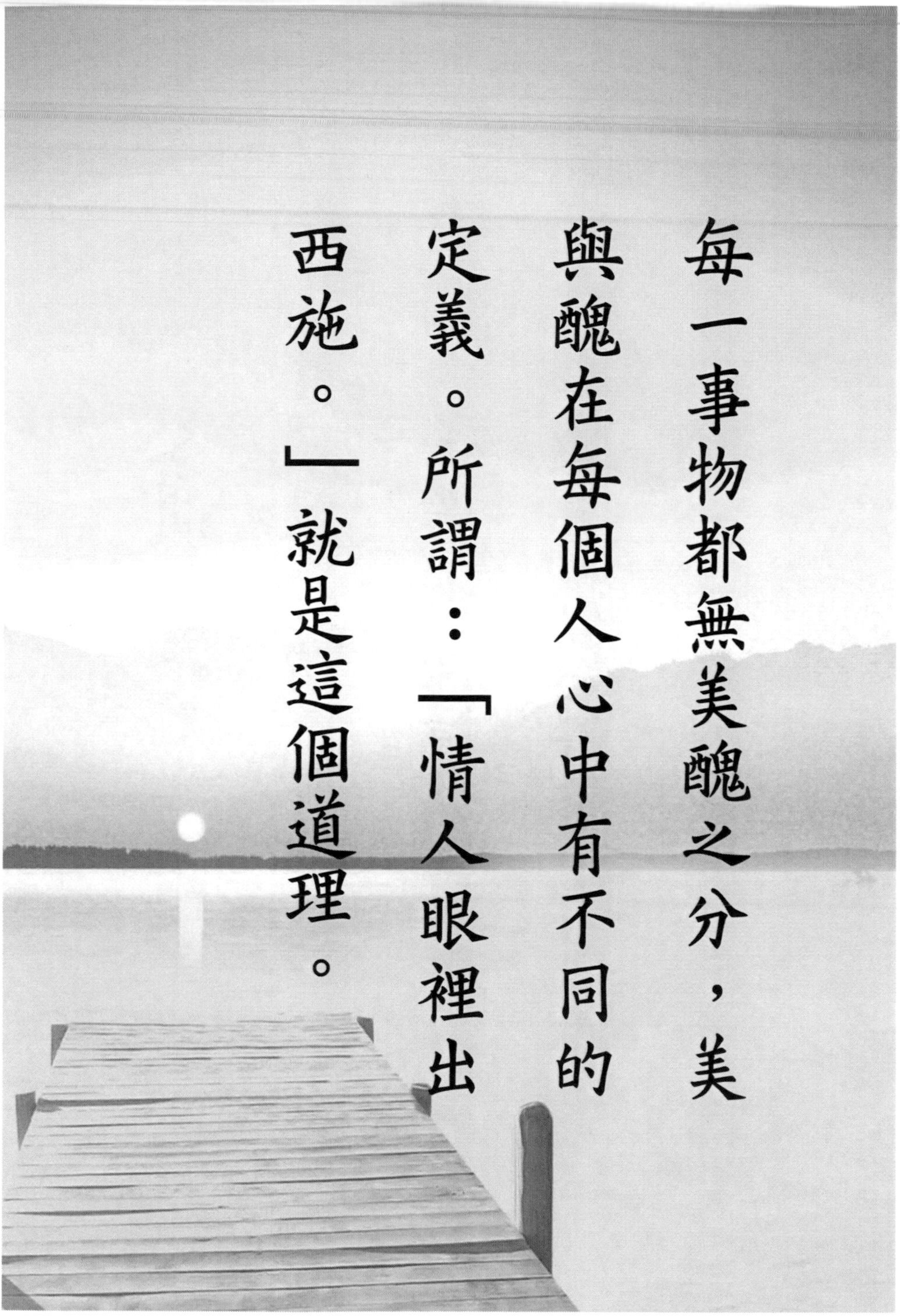

每一事物都無美醜之分，美與醜在每個人心中有不同的定義。所謂：「情人眼裡出西施。」就是這個道理。

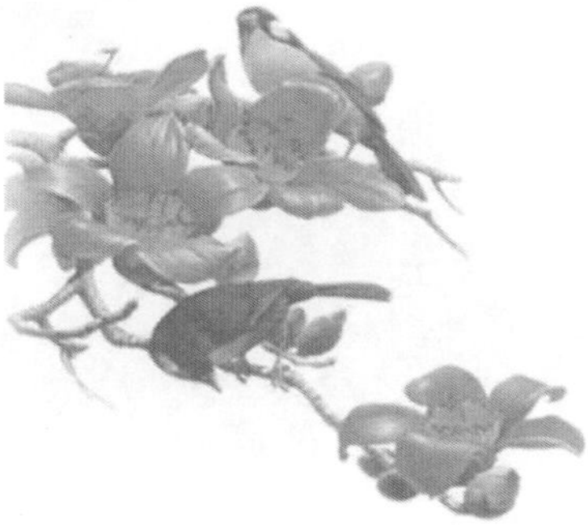

人間仙界本無關
只因情動降塵凡
玉帝不懂情愛事
降旨拆散鴛鴦環

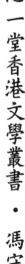

魚游沸鼎不知危，鳥棲枯樹不覺險。我們往往身處險境而不自知，所以有「居安思危」之句。

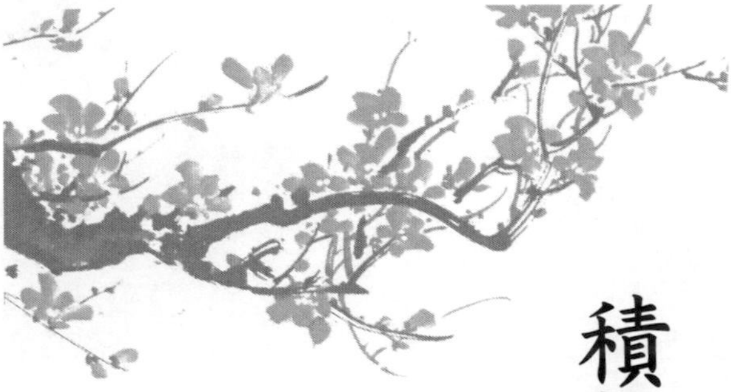

積土成丘，積水成湖。
積弱成病，積惡成患。
積穀防飢，積善得福。

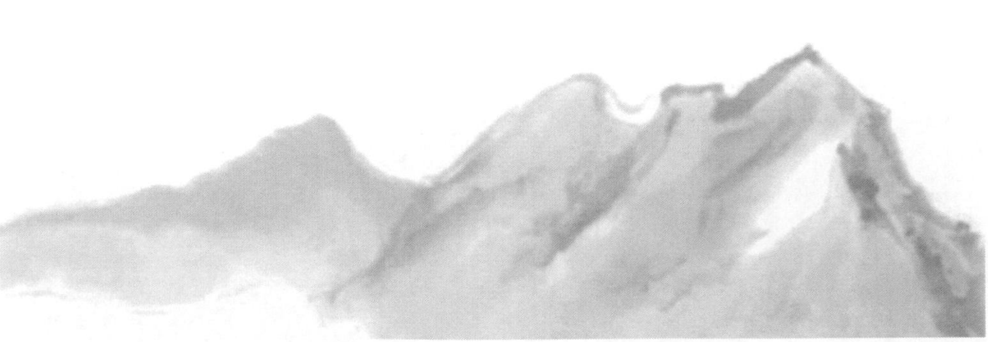

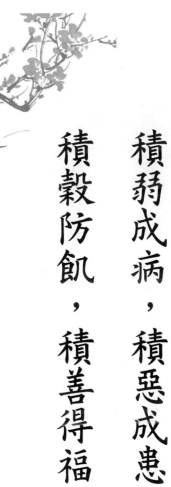

春臨大地百花展
炎夏荷塘蓮盡開
秋風輕吻菊花瓣
冬日寒梅伴妝台

富貴榮華誰不好
生老病死實難逃
只求上蒼多庇佑
長壽少病死無憂

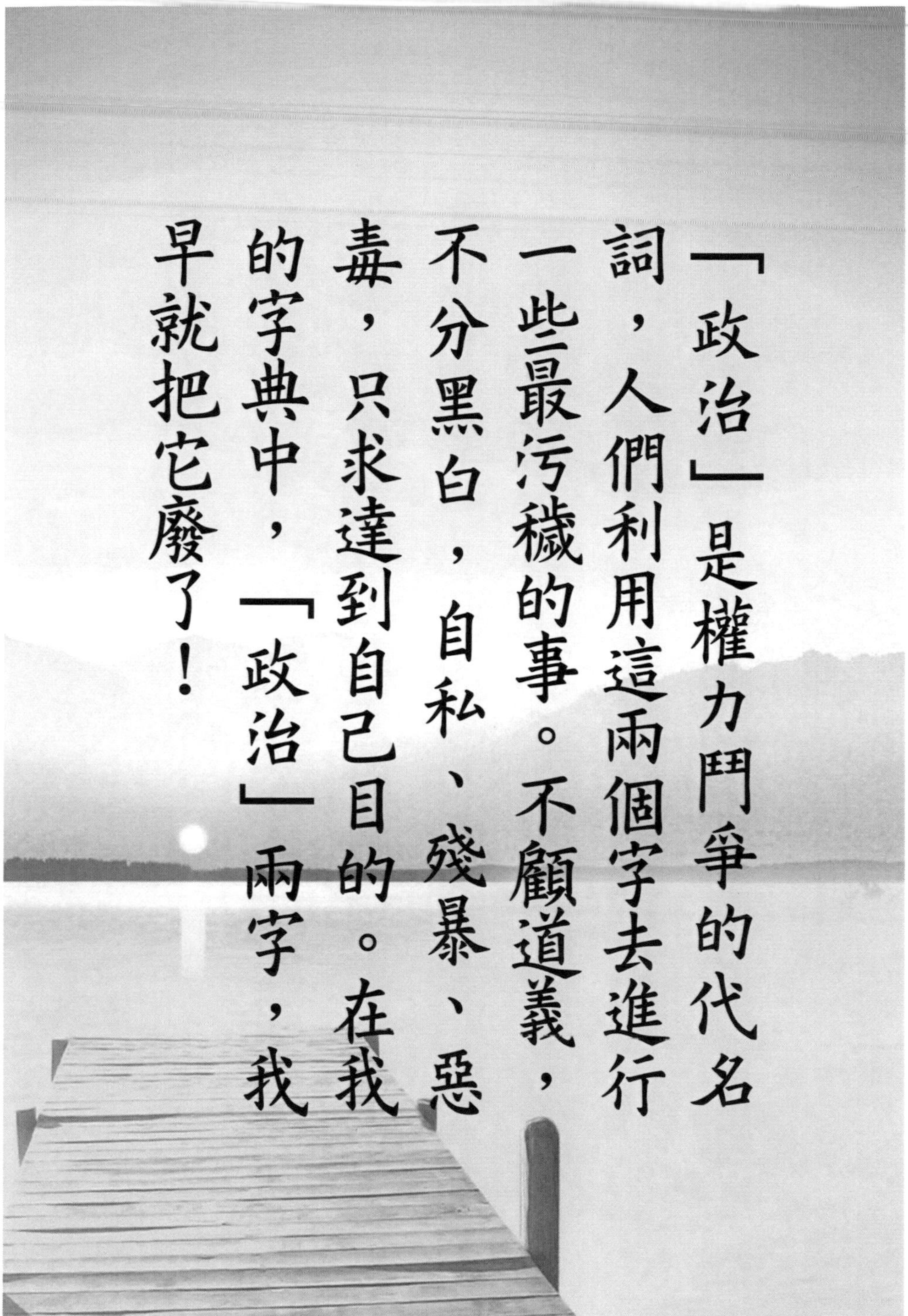

「政治」是權力鬥爭的代名詞，人們利用這兩個字去進行一些最污穢的事。不顧道義，不分黑白，自私、殘暴、惡毒，只求達到自己目的。在我的字典中，「政治」兩字，我早就把它廢了！

憤怒無堅不摧

真愛無孔不入

秋娘老去色衰退
將軍白髮舞劍難
體弱難舉千斤鼎
骨痛登高寸步艱

一統河山驚四海
半壁江山近晚霞
當年英氣今已逝
只剩眼前半盞茶

龍遇雲便生
虎居林便猛

古人不為五斗米折腰，可能五斗米實在沒有吸引力，十斗如何？五十斗又如何？加到了一百斗時，可能他不但可以折腰，連要他斷腰也無不可。

家事，國事，天下事，唔關我事。

情關，愛關，夢斷關山，與我無關。

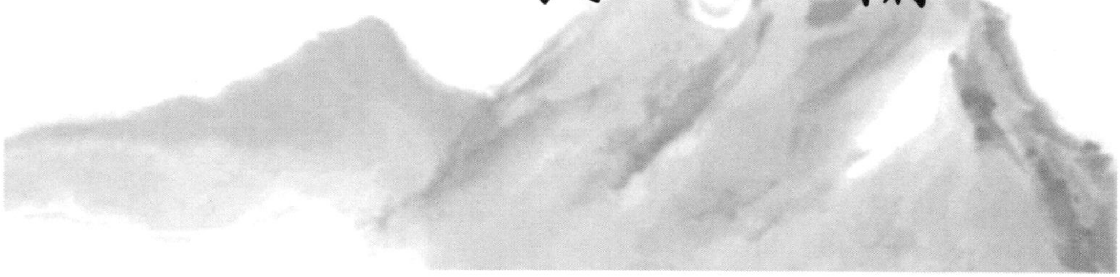

眾人皆濁我獨清，這有何用？你這一滴清水，放進了一團污水中，還不也變成了污水嗎？眾人皆醉我獨醒，這又如何？你能獨力運轉乾坤，改變大局嗎？

蘇州過後舟難覓
長亭一別再會難
陽關三疊送君去
莫待白髮始歸帆

孤燈如豆翻黃卷
獨坐無言數離愁
晨鐘一響天盡白
暮鼓頻敲聲透樓

所謂權威，他的威力是令你相信他所說的任何東西，這就是他的魔力。所以，不要太相信權威，他們不是全對的。

「創意」是上帝賜給藝術家的珍貴禮物。不要盲目地去模仿前人的成就，要發揮自己的天賦，去舊創新。

脱貧須努力
脱賤多讀書

十賭九騙，為甚麼還有那麼多的人去賭，去讓人騙？因為他們相信自己是聰明人，不會受騙，還可笑的是，他們深信，可以把對手騙倒呢！

誠信如塵土，隨風而逝，永不回頭。
朋友，好好珍惜你的誠信，以免後悔。

直鈎釣魚，願者上釣。請君入甕，不請自來。

只要有耐心，必有所獲！

寒風送暖是君子，
襯火打劫實小人。
錦上添花矚目是，
雪中送炭有幾人？

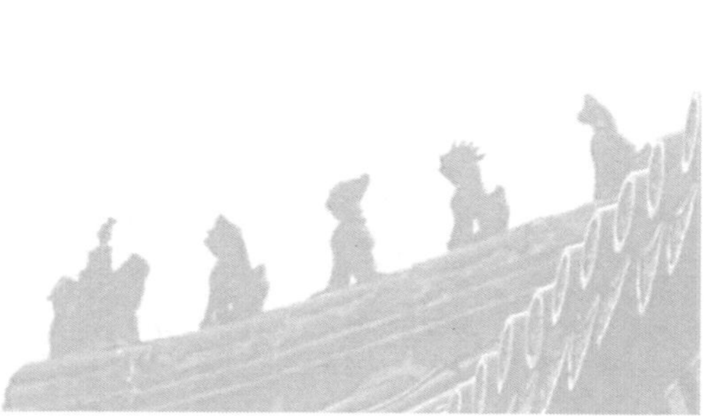

不要太介懷別人對你的批評，他的批評是帶有主觀的成份。他只希望改變你的觀念，附和他的想法。

對君子誠實是美德，
對小人誠實是愚蠢。

三年磨劍揮於一刻
十年磨硯文存百世

聰明人總發覺自己愚蠢的地方很多，這就是他的聰明。

愚蠢人卻深相自己無比聰明，這就是他的愚蠢。

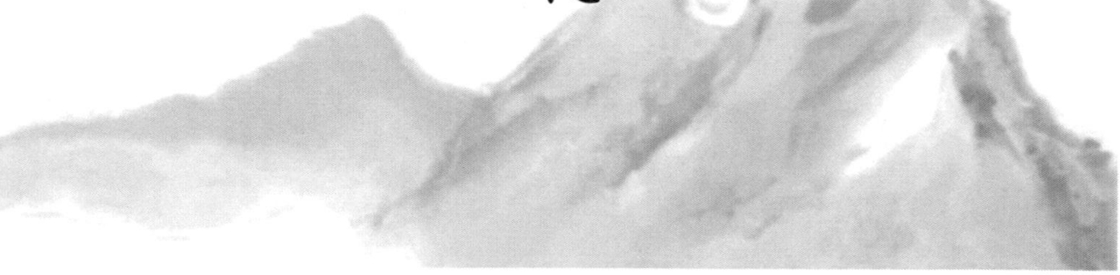

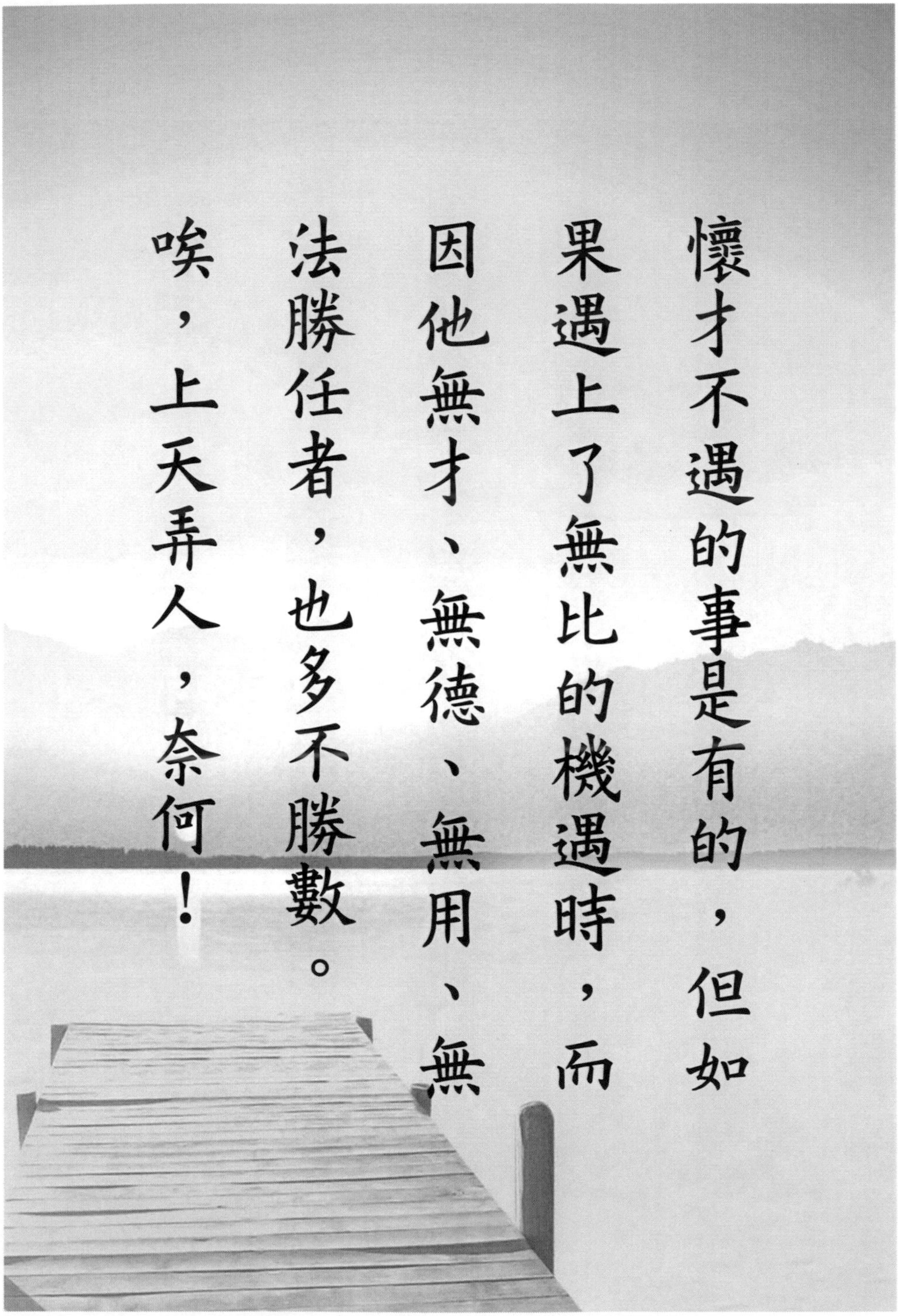

懷才不遇的事是有的，但如果遇上了無比的機遇時，而因他無才、無德、無用、無法勝任者，也多不勝數。

唉，上天弄人，奈何！

千金身後煙消散
願留翰墨在人間
文章若然堪入目
贏得後人翻幾翻

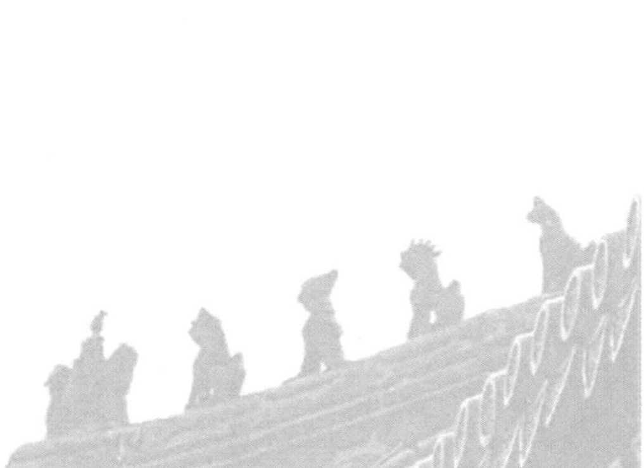

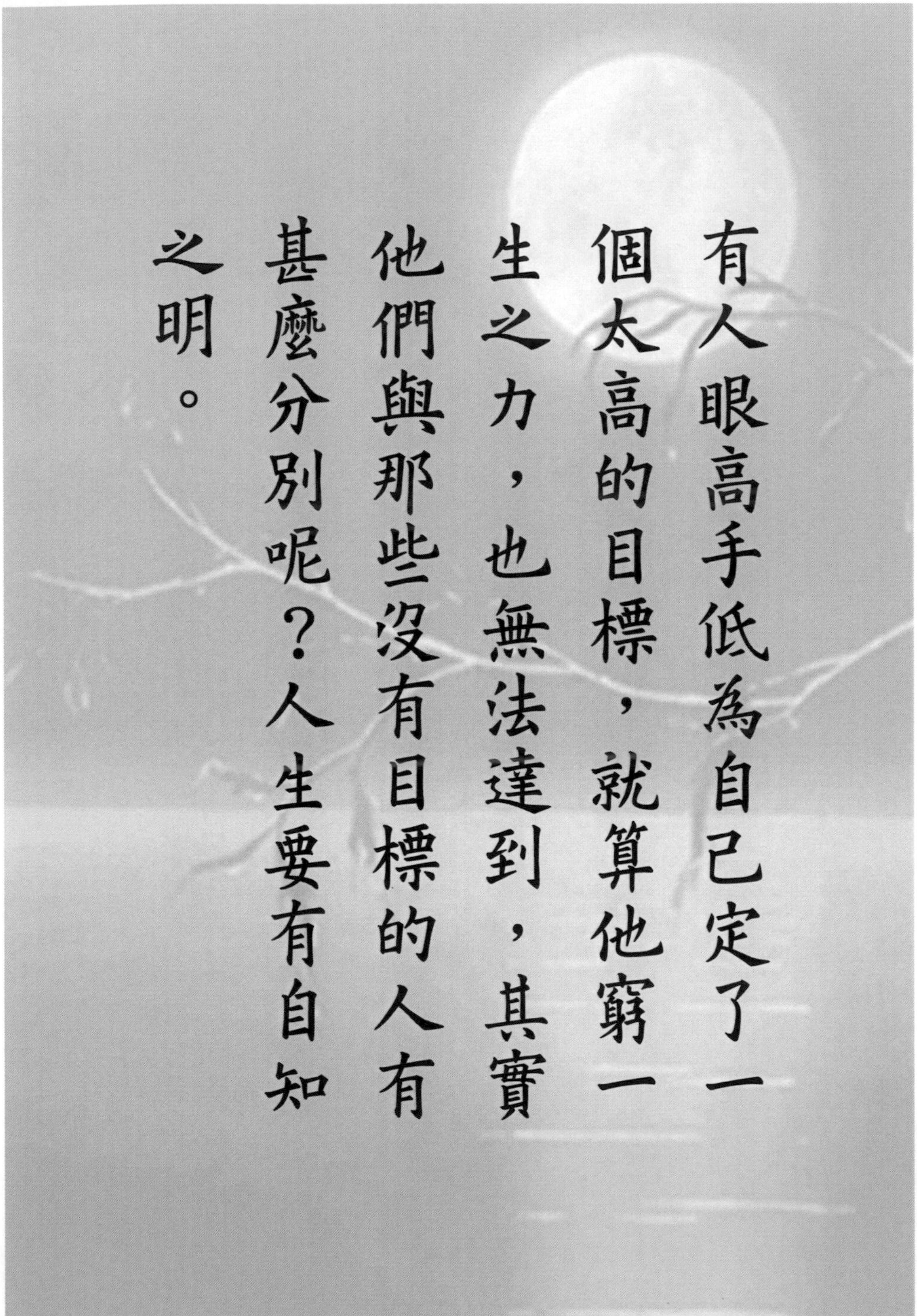

有人眼高手低為自己定了一個太高的目標，就算他窮一生之力，也無法達到，其實他們與那些沒有目標的人有甚麼分別呢？人生要有自知之明。

迎春、渡夏、悲秋、隱冬，重覆又重覆，要過多少重，要覆幾次覆，便看誰人長壽足。

人真是奇怪。你越不想告訴他的東西，他越想知道；你越想告訴他的東西，他反而不感興趣。

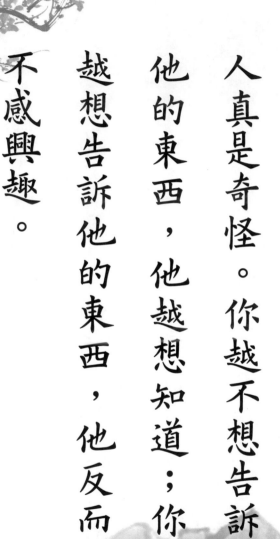

三元及第，四子登科，
五穀豐收，六畜興旺。
兒孫孝順，夫妻和睦，
百年高壽，五福全收。
人生至此，乎復何求？

人類生來便有好鬥的基因，你看那一種運動不是表現鬥的嗎？鬥力（舉重）鬥快（賽跑）鬥高（跳高）鬥耐力（馬拉松長跑）鬥遠（跳遠），不但在陸地上鬥，還鬥到水裡呢！

善在心中

惡在念中

唔窮唔睇相
富貴好還鄉
餓極不擇食
無錢遠賭坊

潘安樣貌雖吸引
袋中無錢也枉然
姐兒愛俏乃天性
凡人貪錢理當然

十根橫生吸水份
一枝直上採陽光
三重綠葉迎空氣
百粒果實掛枝旁

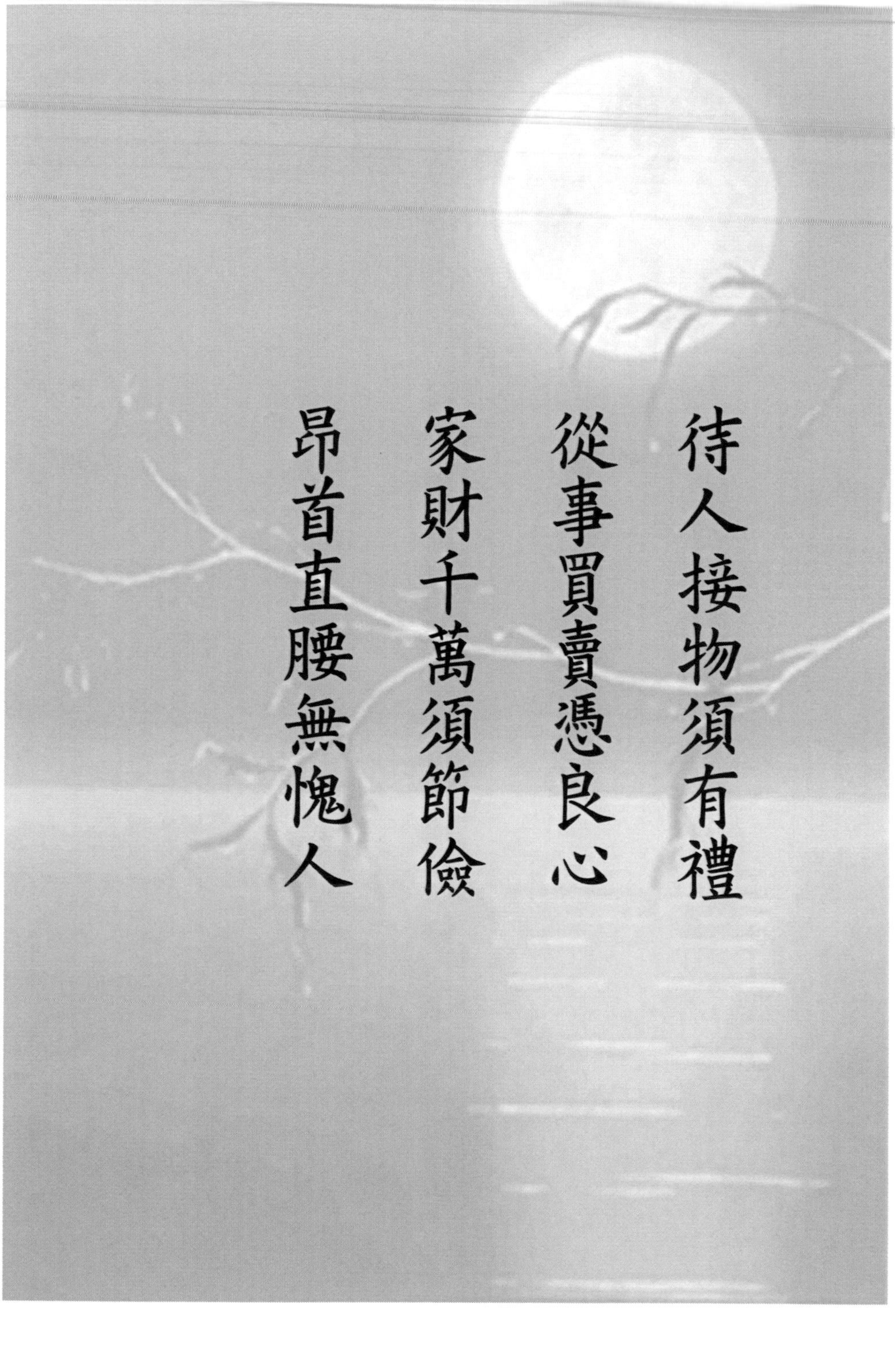

待人接物須有禮
從事買賣憑良心
家財千萬須節儉
昂首直腰無愧人

最甜是愛情
最重是父母
最親是子女
最愛是金錢

比翼雙飛人皆羨
孤雁悲鳴引眾悲
五福之家千聲頌
鰥寡孤獨訪客稀

文章不在長與短
字字珠璣便是珍
生命不在長與短
活得精彩好人生

只要生得其門，死得其所，
生死又何足懼哉？

敵人的距離越遠越好，
親人的距離越近越妙。
情人的距離要若即若離，
更神秘、更迷人、更吸引。

千里關山人遠隔
欲會佳人只夢中
醒來倩影揮不去
重入夢境親芳容

一個美貌的女子，就算她再壞，在某些男士心中總有值得原諒的地方。反之一個貌醜的女子，就算她有再好的地方，也有她不能原諒之處。這是無法解釋的偏見。

天堂已經不須要安排一切肉體上的歡娛，因為天堂一切都是完美的。反正你已經沒有了肉體，只有靈魂。

艷鬼之言甜如蜜
狐妖體態美若仙
引盡世間好色客
死在當前尚懵然

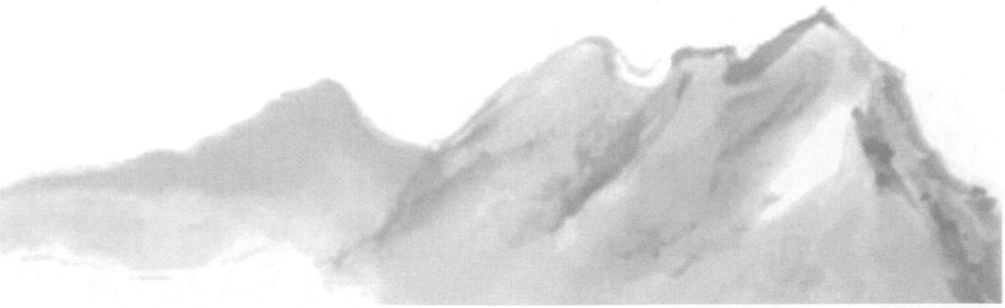

反樸歸真的定義，是除了生命上必須品之外，其他的東西都是多餘的。

連上帝今天也不知如何是好？人們卻公說公有理、婆說婆有理，令祂也左右為難。你們不如用你們自己的智慧去做吧！反正我賜給你們的智慧，在我看來都是愚蠢的。

好屋容易覓
好鄰不易求

俗語云：「小錢不出，大錢不入。」但最怕的是「小錢手中溜了去，大錢門外不進來」。

不如實際些，留下手中小錢買點米糧，比較化算。

袋中有錢心閒逸
家中無糧費心思
上有高堂心歡樂
膝下無兒悔婚遲

孔子乃賢德之士，可惜生不逢時，不容於世，落得晚景淒涼。如生於堯舜之世，必成賢君。

三山五嶽早登頂
五湖四海已飄浮
天下山水皆踏足
獨恨仙境未曾遊

寄留塵世雖短暫
酸甜苦辣已盡嘗
七情六慾皆看透
富貴榮華當平常

有人說：「為富不仁，為仁不富。」為富不錯，為仁更佳！兩者兼備，更加完美。

因為你的身份、地位和在社會上的影響力，你說話時要特別小心。你每一句話會把美好的事更加美好。同樣，你會令邪惡的事，更加邪惡。

心急不吃熱
性慢不趕船

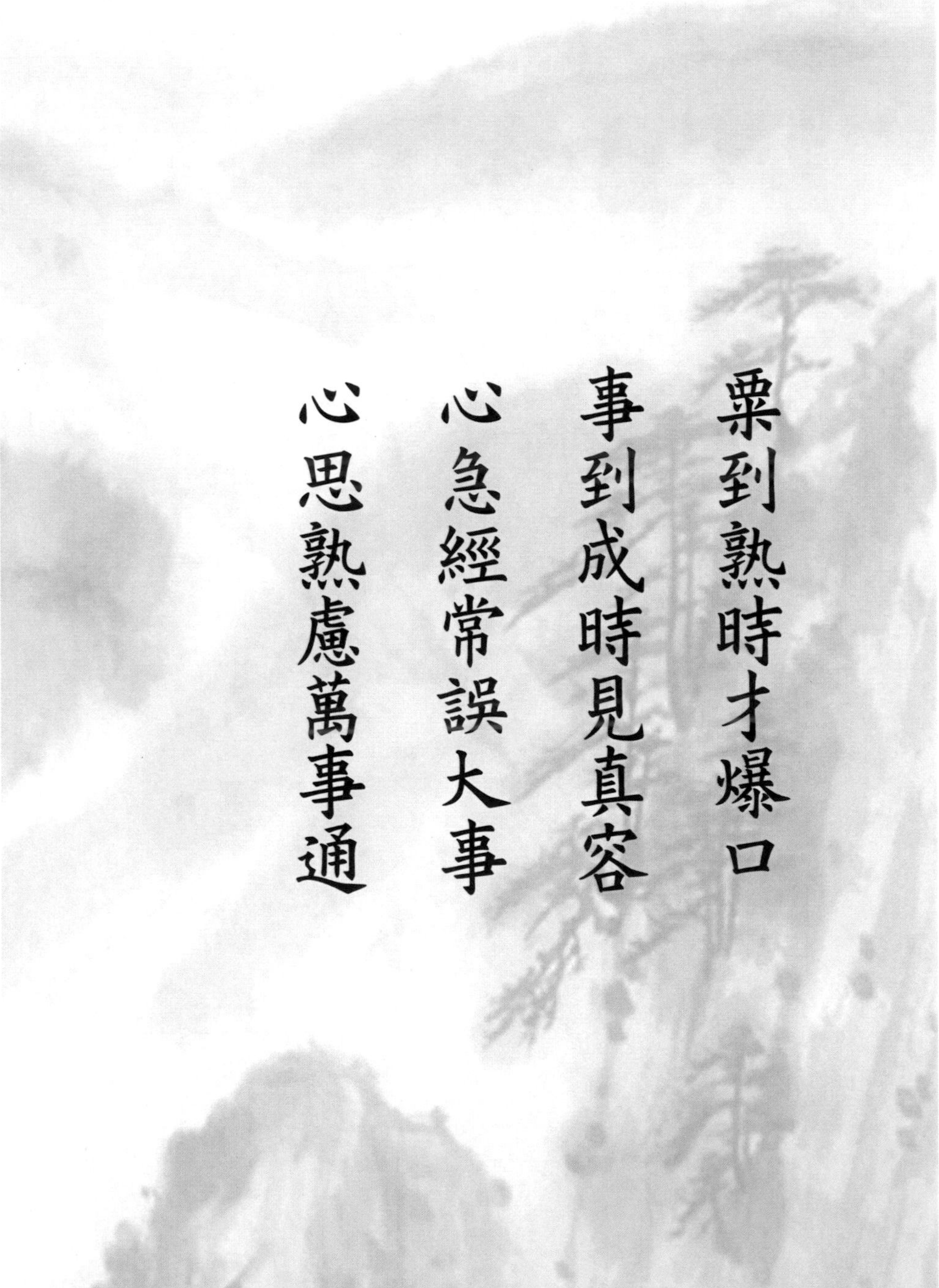

粟到熟時才爆口
事到成時見真容
心急經常誤大事
心思熟慮萬事通

肉體雖困斗室，思想翱翔萬里。看來思想肉體更自由。

不要把仇恨惡毒的種子，放
進孩童良善純潔的小心靈，
免得他們長大後在魔鬼族群
中又增添了一位成員。

此地烽煙起
臨老迫遷移
他鄉埋屍骨
魂歸誓不遲

美酒的定義，不在乎品質，
不在乎價錢，而是在最適當
的時候進入你的愁腸，便是
好酒。

群眾的力量，可使社會變的更好，也可使社會變得更壞。

讀經不如唸經
唸經不如查經
查經不如研經

比翼鳥，連理枝。

交頸鴛鴦，鶼鰈情癡。

敘時甜蜜蜜，離別苦依依。

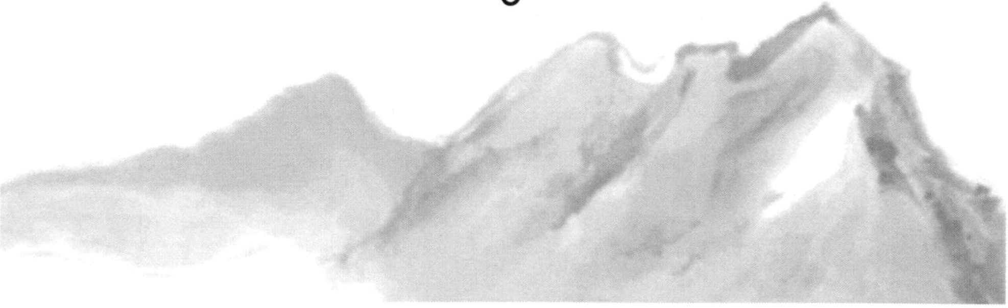

沙漠植樹，盆中種藕。
池中養鱷，籠中困雕。
一切都受環境所限，不能一展所長，奈何！

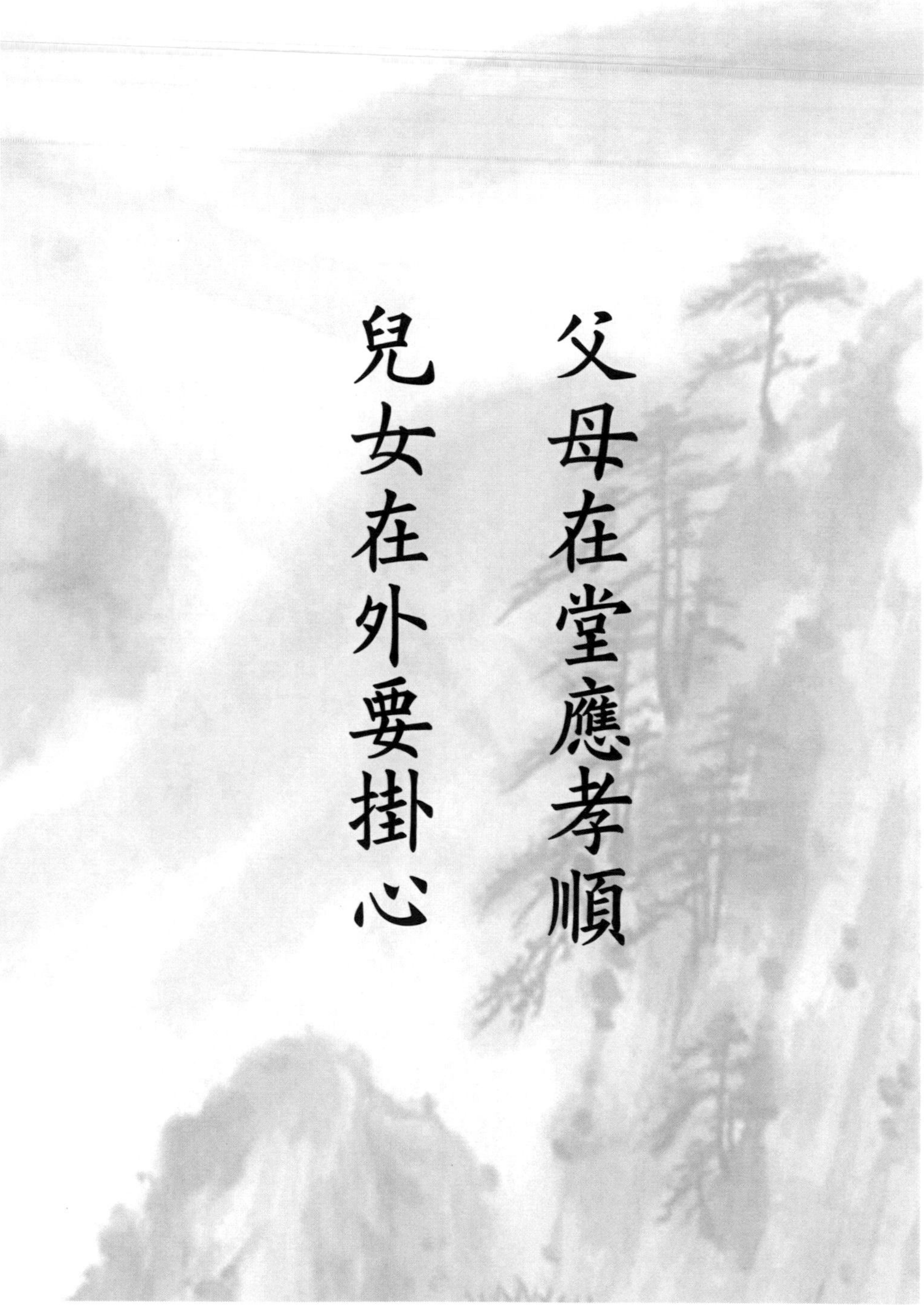

父母在堂應孝順

兒女在外要掛心

鐵杵磨針憑毅力
百步穿楊苦練成
世上從來無難事
只怕世人立心堅

愛有多種。

血源的愛——父母、兄弟、姊妹；

情愛的愛——夫妻、情人；

生活接觸人的愛——鄰舍、朋友等。

愛是有親疏之別，如果你的愛能達到不分等級，一視同仁，這就是真愛了。

文章騙飯筵
詩詞換酒錢
江郎才盡日
被迫學神仙

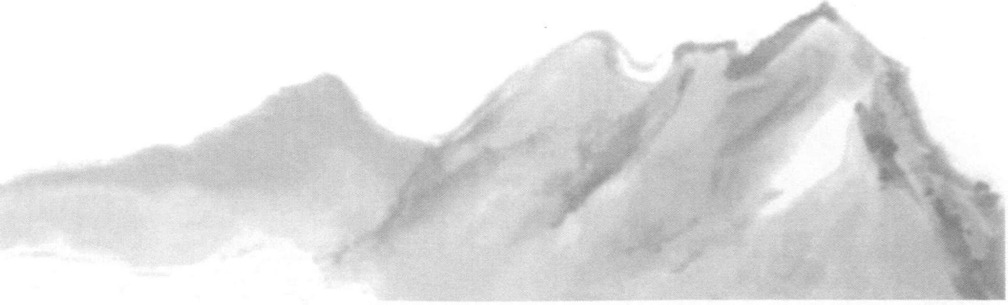

有人打著自由民主的旗號，實在是為了達到自己自私自利的目的。

資訊發達，人反而變得愚昧無知。因為每天都有遮天席地、排山倒海的假資訊，把你洗腦，令你迷惘，喪失自我。

人老半癡呆
好友半爲鬼
家餘半月糧
實得半條命

夫妻不是同林鳥
大難未臨早已飛
兄弟本是同根生
未長大時起紛爭

科學進步只帶來生活上的方便，但是否同時為人類帶來幸福？這點我還有保留。

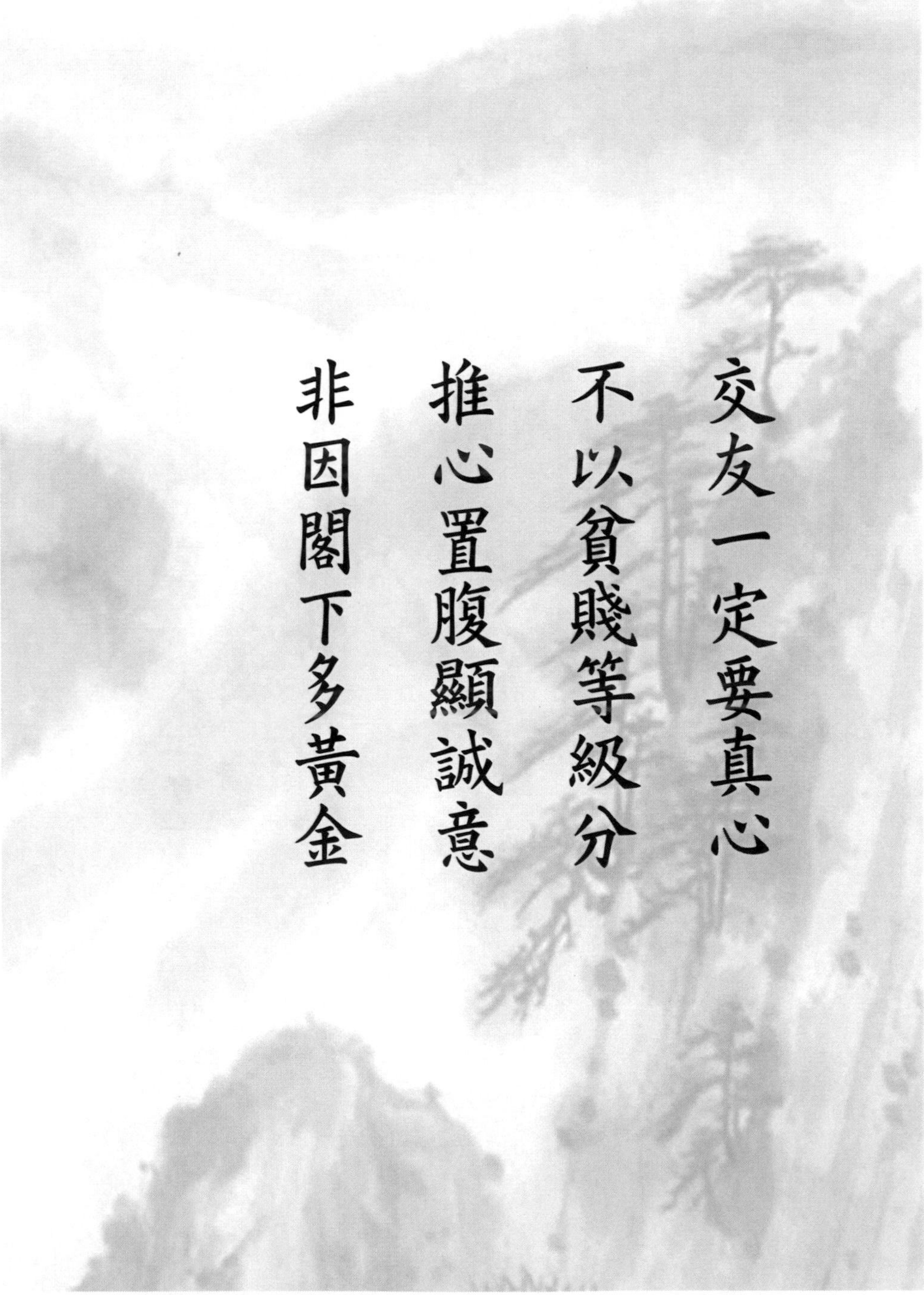

交友一定要真心
不以貧賤等級分
推心置腹顯誠意
非因閣下多黃金

外表美貌不重要，氣質內涵最可取，這就是明星與演員的最大分別。

金錢雖無腳
轉眼去無蹤
如不多看管
最後一囊空

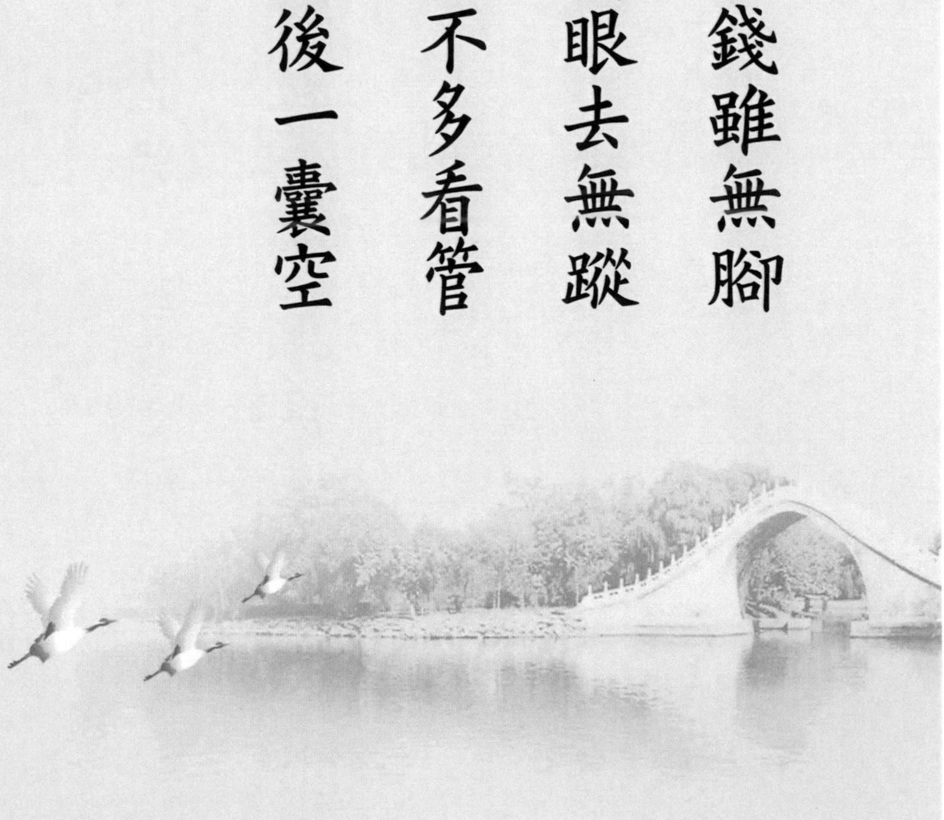

教育的目的是把歷史智識和經驗傳授給年輕人，至於將來的一切便要由他們自己去找尋了。

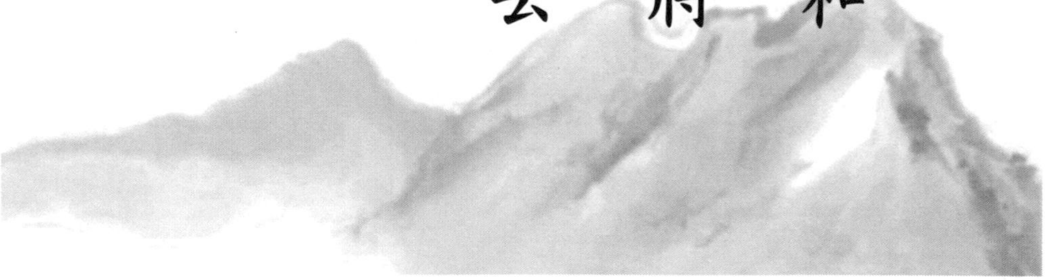

人逢險處須停步
若遇順境思回頭
命運不會常不動
朝秦暮楚決不留

手中扇，壺中仙，口中煙，袋中錢，自然自然，快活勝神仙。活得幾年便幾年，何必計較目前。

為甚麼初戀對一個青年人是那麼深刻呢？就像一個小孩子他從來不知道糖的味道。當他第一次吃到一粒糖之後，這種味道永遠難忘！和初戀一樣。

留客只因窗外雨
迎賓為向青雲求
屈膝但求兩餐飽
低頭只望瓦遮頭

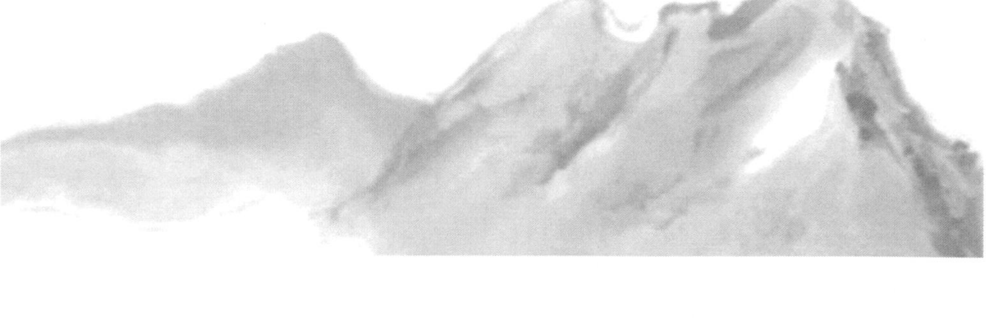

道德觀念是一種受過教育的人願意共同遵守的一種行為守則，雖處斗室，或在人前，樂意遵從。

你和你的最大敵人同一時間身陷險境，必須立即撤離，你的敵人立即變成你的朋友，因為你們有共同的目標，就是逃離險境。

未定不言
未備不動
未成不誇
未敗不止

囊中無錢難買酒
心中缺墨怎吟詩
有弓無箭難射虎
池中缺水怎養魚

鳥兒天上飛
魚兒水中游
愛郎赴北塞
小姐倚樓頭

《聖經》上說：「有錢人進入天堂比駱駝穿過針孔更難。」這也不是說：「富人沒有可能進到天堂，有朝一日，駱駝變了螞蟻，針孔變成大拱門，富人便輕而易舉進入天堂了。有了神蹟，甚麼也可能。

在童話故事中，在結尾時總是說：「從此，王子和公主便快快樂樂地生活……」其實這是騙人的，應該的是：「從此之後，王子便過著悲慘的日子……」誰都知道，公主脾氣，實在難頂！

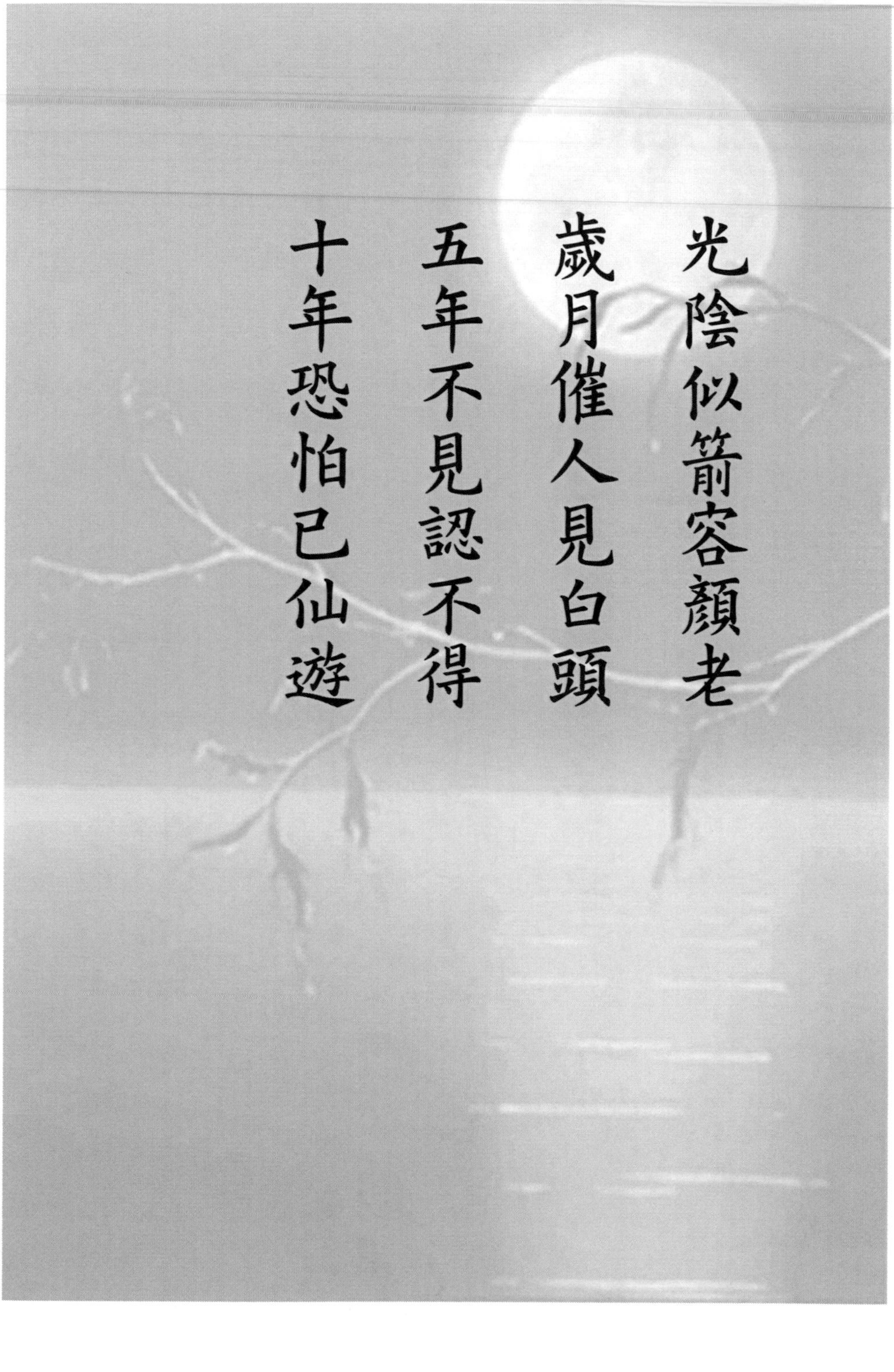

光陰似箭容顏老
歲月催人見白頭
五年不見認不得
十年恐怕已仙遊

一件本來原價三百元的衣服，店主在大減價的牌子下改寫上二百九十九元，人們總是錯覺真的大減價。其實相差只是一元而矣！這是商人們善用的心理學。

有因必有果
有果豈無因
因果連一脈
報應早晚臨

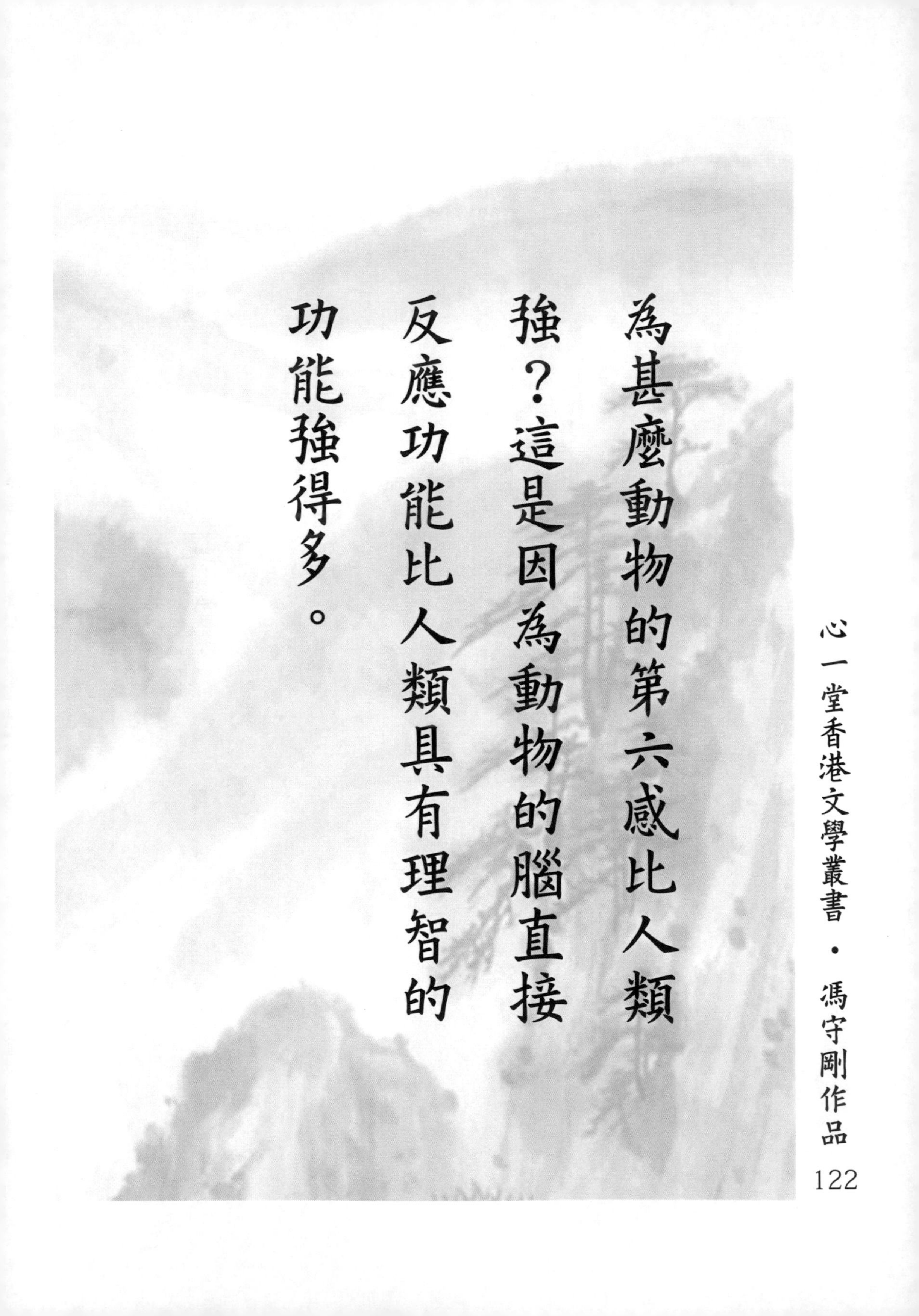

為甚麼動物的第六感比人類強？這是因為動物的腦直接反應功能比人類具有理智的功能強得多。

物不因其小而輕之
人不因其賤而棄之

搜索枯腸難下筆
靈感湧現在眼前
憂心進食難下咽
人逢順景睡得甜

天堂與地獄都有一樣是相同的，那裡的人，都不用擔心如何找生活。

哀鴻遍野哭千遍
炮火連天毀家園
骨肉分離心碎盡
何處能覓桃花源

年過八十時日無多，每分每秒都要珍惜，不像年輕人，他們有足夠本錢讓他們去浪費。

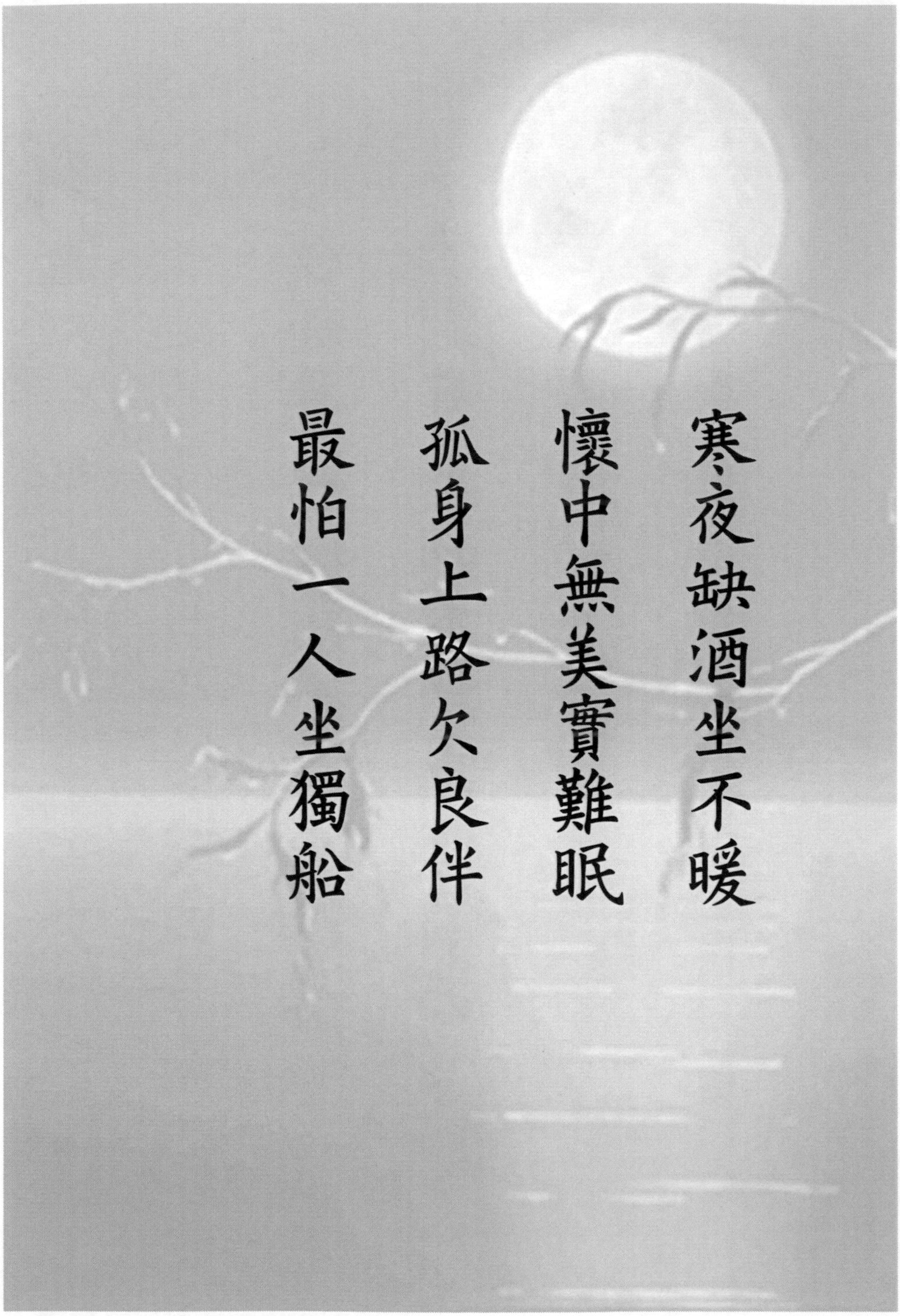
寒夜缺酒坐不暖
懷中無美實難眠
孤身上路欠良伴
最怕一人坐獨船

有些人眼大看不見、耳大聽不靈、有理講不清、頭大無腦、心智失聰。可憐，可悲！

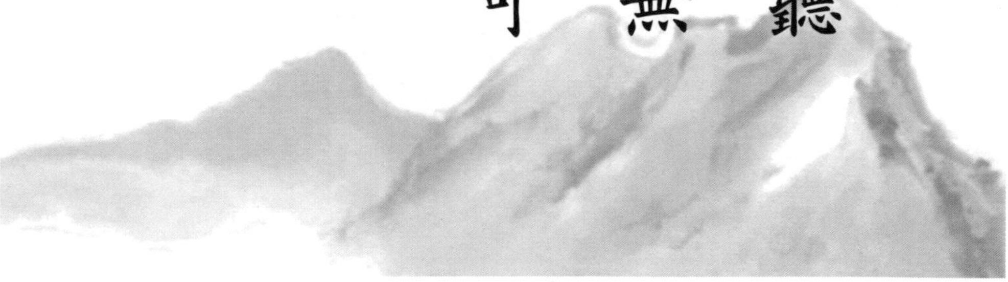

歷史上酒與英雄像是孖生兄弟。有酒的地方，便有英雄；有英雄的地方，豈能無酒？所謂：「煮酒論英雄。」

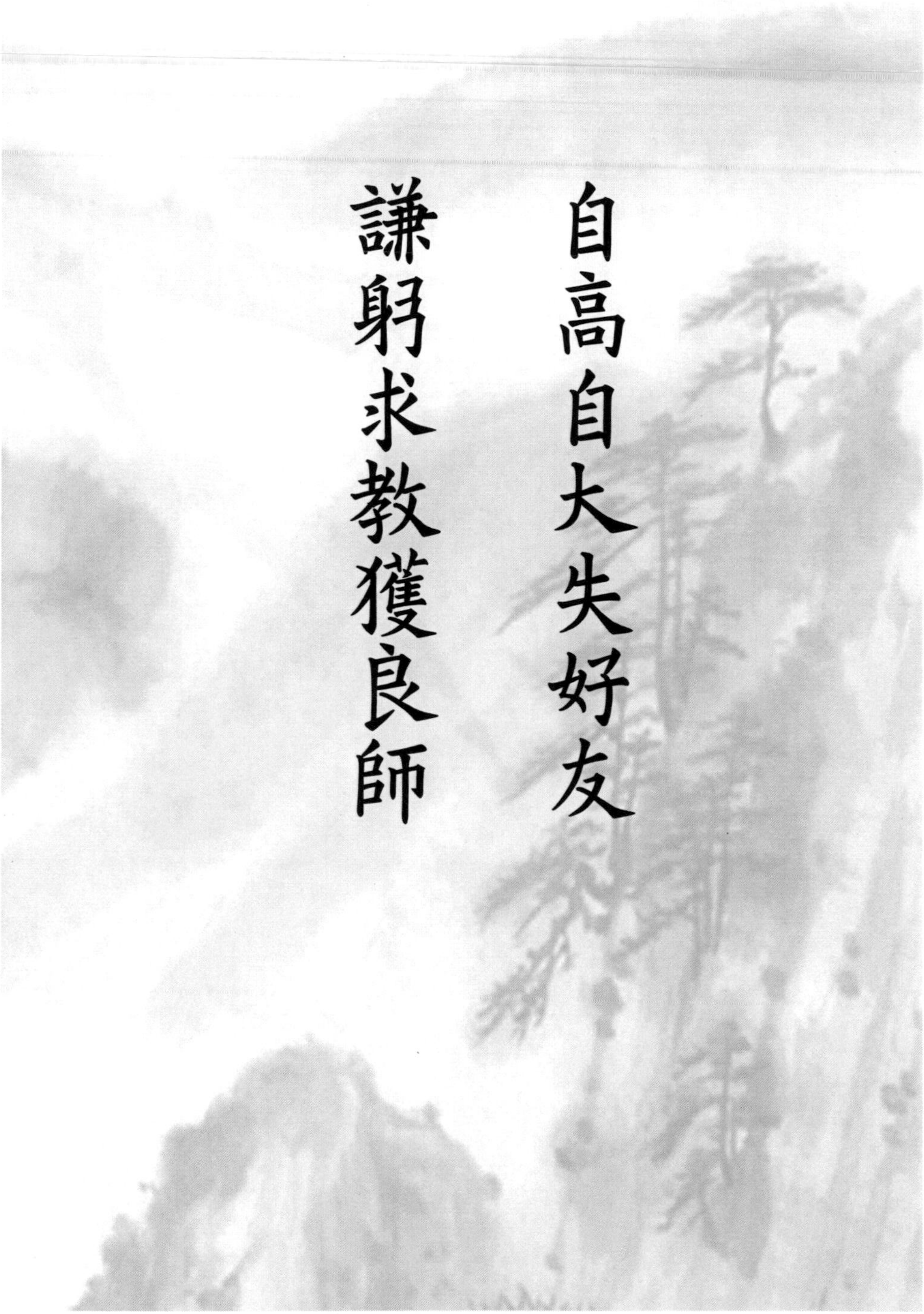

自高自大失好友
謙躬求教獲良師

口愛嚐甜蜜
耳怕聽忠言
鼻隨芳香味
眼觀臭銅錢
此乃人之常情

孤樹不成林
孤雁不成群
孤掌難卻敵
孤身愁獨困

人生四怕

年少怕無知
年長怕無家
中年怕無後
老年怕無錢

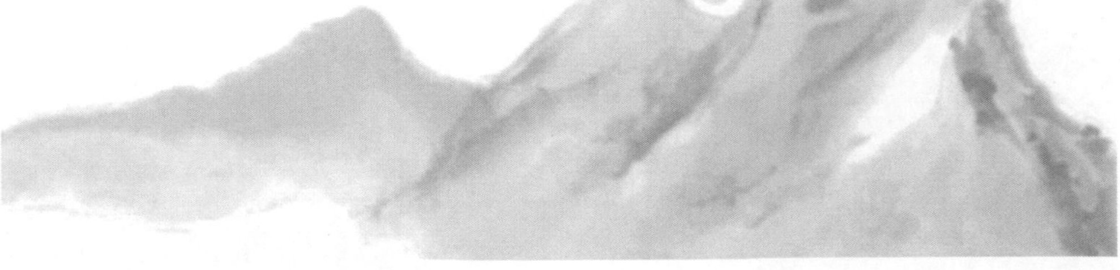

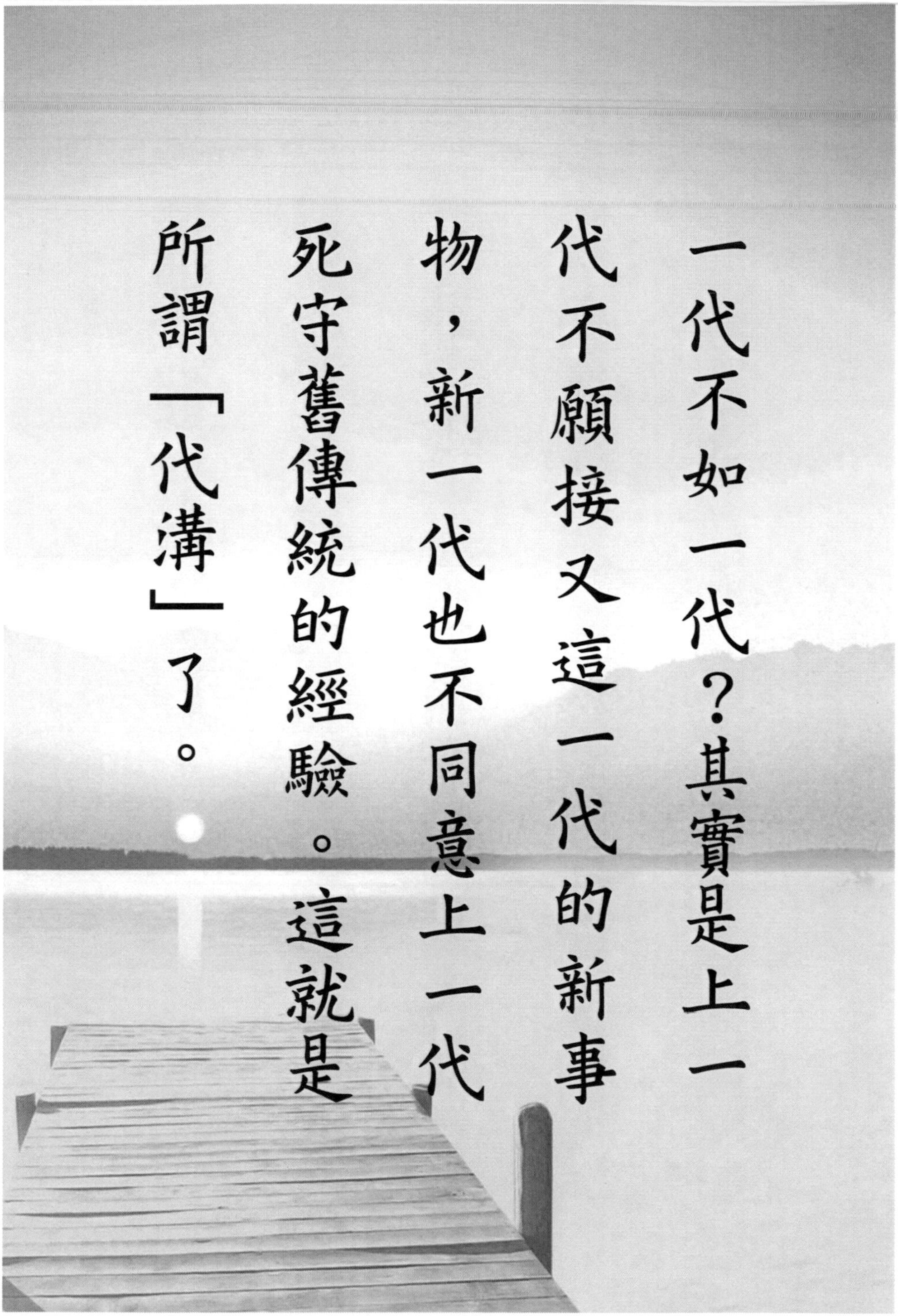

一代不如一代？其實是上一代不願接又這一代的新事物，新一代也不同意上一代死守舊傳統的經驗。這就是所謂「代溝」了。

酒不能細飲，
歌不宜低唱，
狂歌縱酒才是昂藏七尺大丈夫所為。

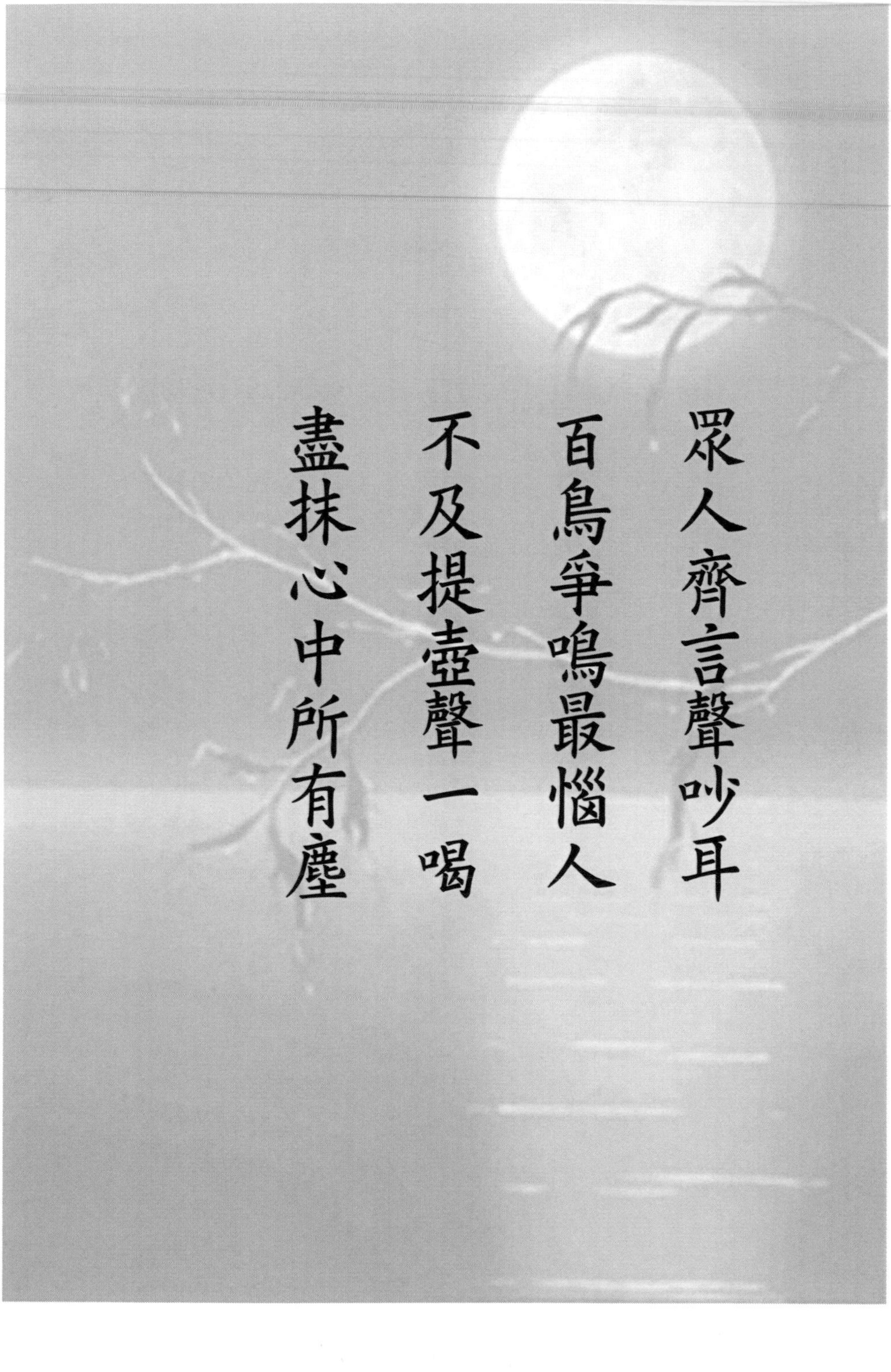

眾人齊言聲吵耳
百鳥爭鳴最惱人
不及提壺聲一喝
盡抹心中所有塵

人們總是盡力要去找尋一個可以給自己控制的別人，但卻永遠不去找尋自己的真我首先把自己控制。

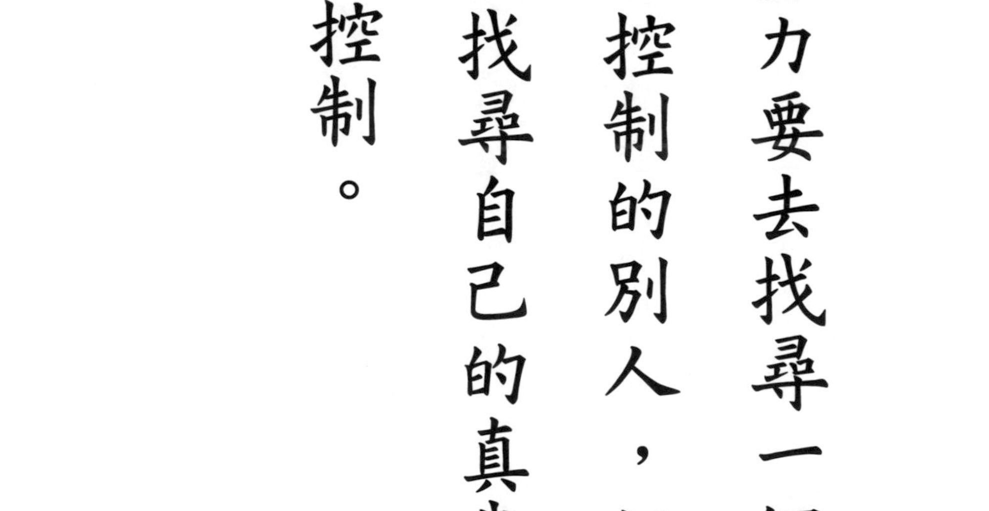

獨食覺無味
獨飲引愁悲
獨睡感枕冷
獨坐倍唏嘘

人們常說：「書到用時方恨少。」但世上的書多如恒河沙數，你窮一生的時間也不能盡覽群書。隨緣吧！

無論用任何理由發起戰爭，
都是罪大惡極，不可原諒。

揮霍如無道
窮困闖進來
金山開採盡
銀庫也成空

猛虎不嘯群山靜
潛龍未現水無波

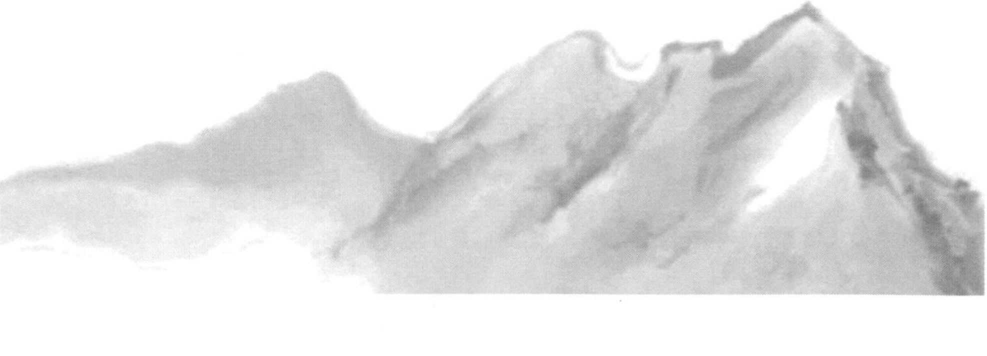

人生從來都有壓力的，看看你如何去應付。減壓的方法，不是力抗，不要角力，要用以柔制剛的方法，這是中國道家的良方。

無病莫呻吟
無愁勿自尋
生活無憂慮
何必再尋金

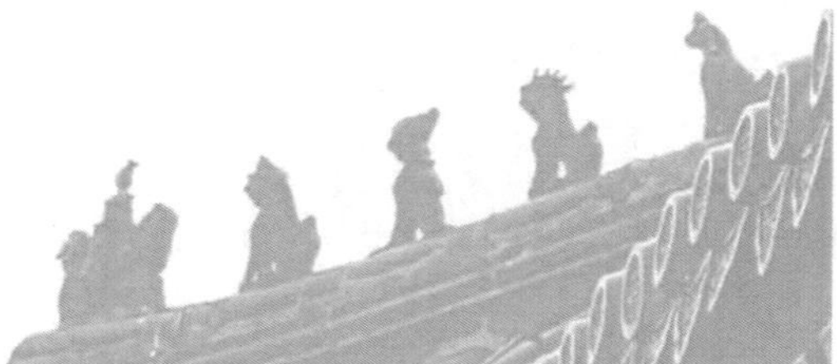

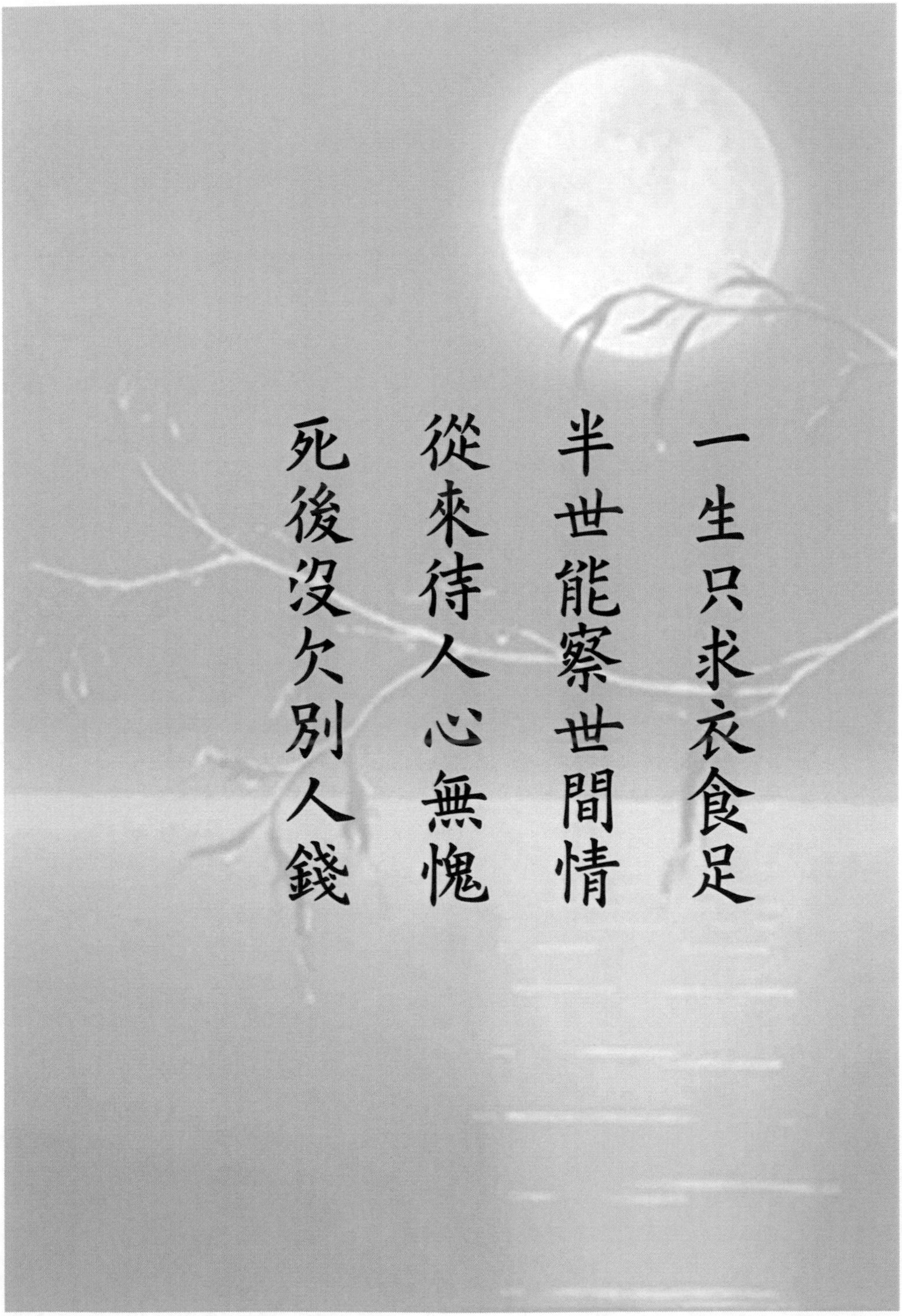

一生只求衣食足
半世能察世間情
從來待人心無愧
死後沒欠別人錢

在天堂人人都是平等的，因為每個人都有進天堂的資格。在地獄也是每個人都是平等的，因為他們每個人都有入地獄的條件。

晚年萬事皆不理
朝迎旭日晚乘涼
兒孫自有兒孫事
理他那個成棟樑

其實世上並沒有完美的東西，在你生活中，你試找出一件你認為完美的東西或事物，仔細觀察，你總覺得它實在有很多瑕疵。世上並沒有完美的東西，我們只求美的多，瑕疵少，便要滿足了。

有不少作家在未成名前，大都有經歷下面的經驗。預支稿費是窮作家的活命甘霖，迫作名作家鎗手是續命金丹。

屋漏偏逢長夜雨
落難更招病魔纏
從來少見福重至
橫禍不斷到門前

春臨大地踏花間
夏日炎炎出外難
秋風初起覺衣單
冬寒圍爐把琴彈

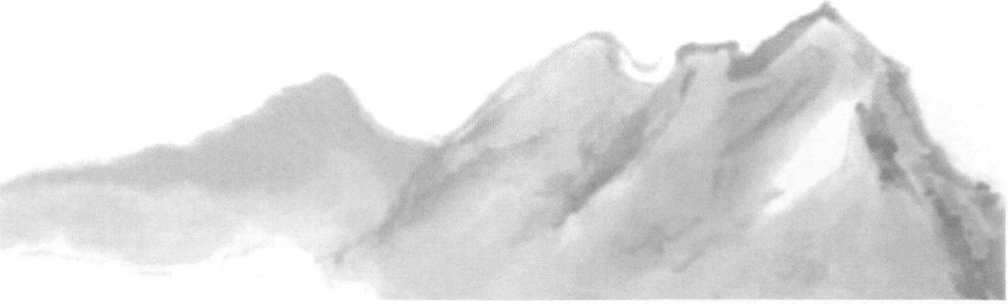

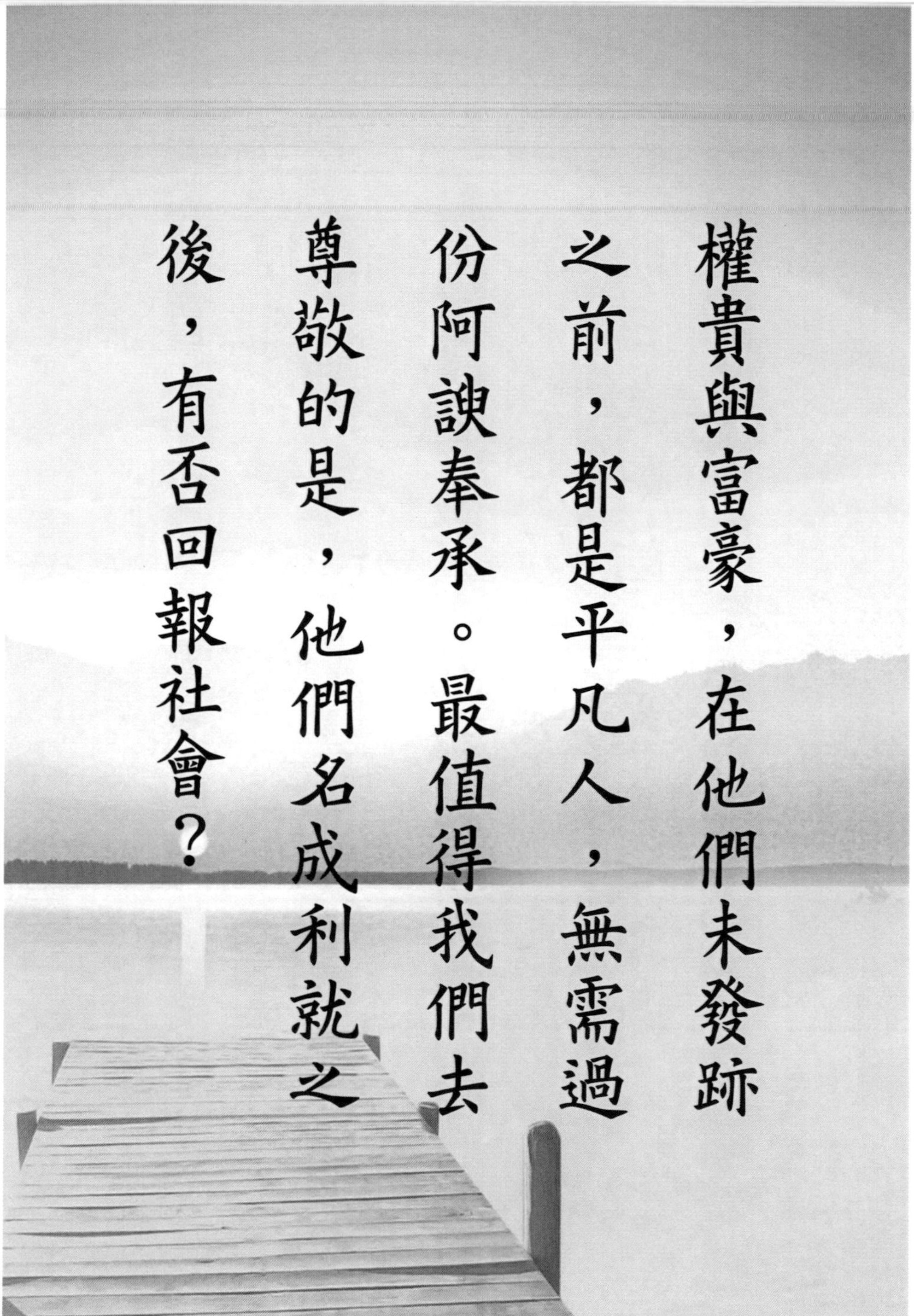

權貴與富豪，在他們未發跡之前，都是平凡人，無需過份阿諛奉承。最值得我們去尊敬的是，他們名成利就之後，有否回報社會？

昨日之事，今日已成歷史；作日的錯，今日不能改變，不要再去想它了。不如今天努力地做一些有意義的事情。今天好的事情，便成了明日美好的歷史，這才是正確的人生取向。

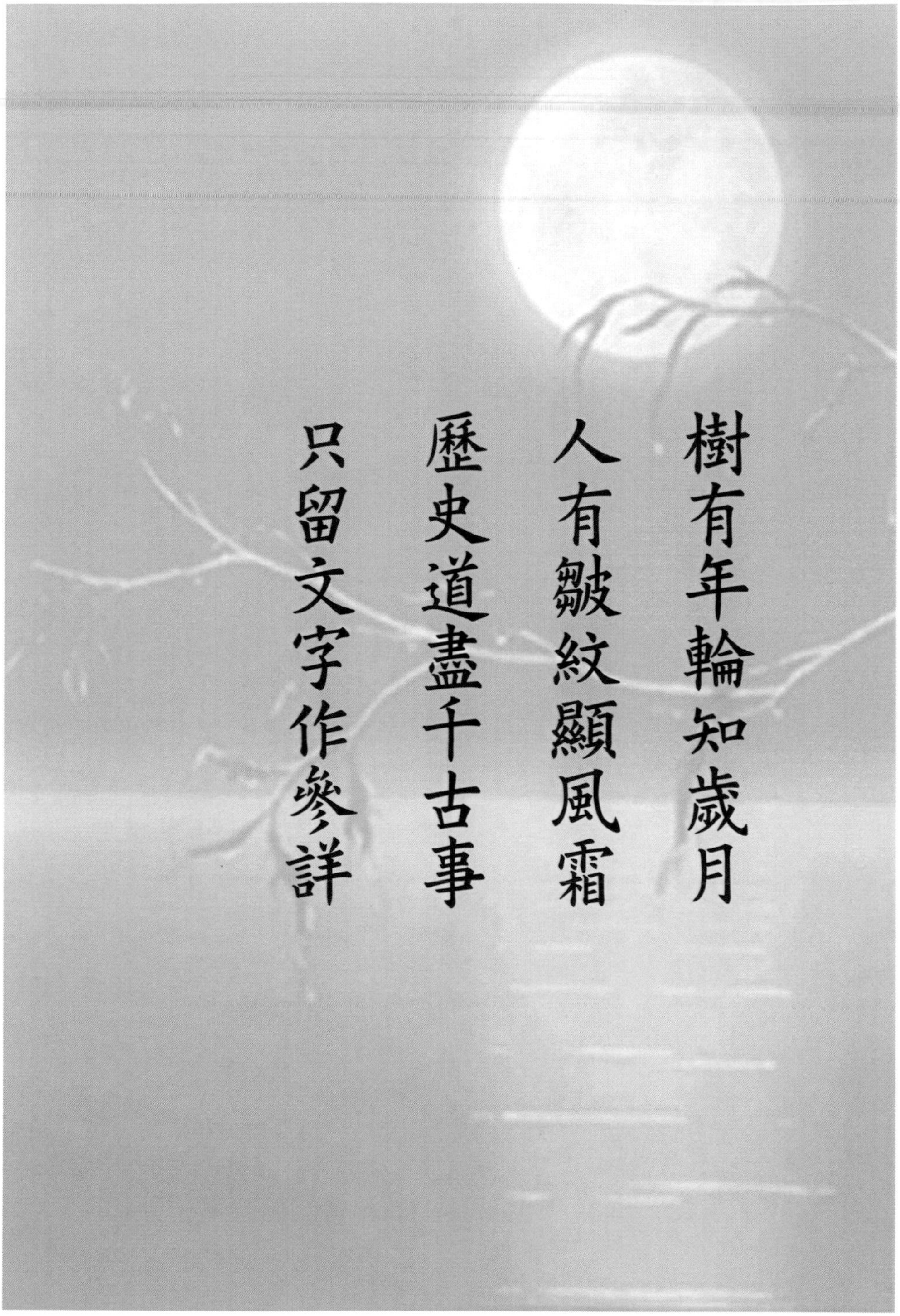

樹有年輪知歲月
人有皺紋顯風霜
歷史道盡千古事
只留文字作參詳

數十載大千世界
滿目是牛鬼蛇神
大地群魔爭亂舞
心中又苦無良策
惟有閉目學如來

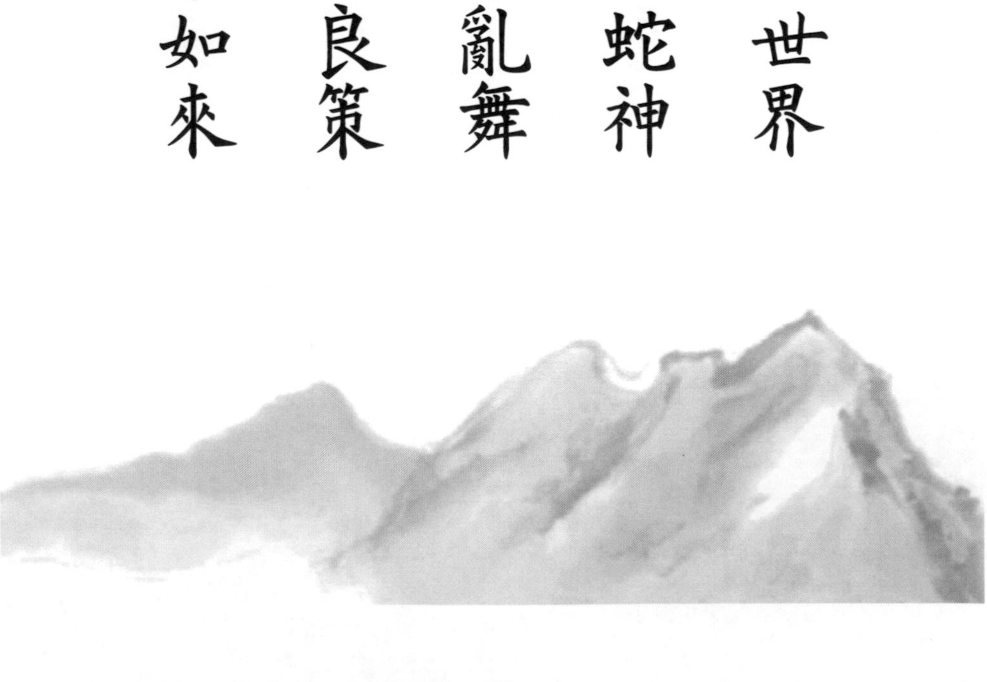

只憑一個人的外表和衣著去判定他是否好人是極大錯誤的。你有沒有聽過「披上羊皮的狼」？或是中國人有一句俗語：「扮豬食老虎」嗎？

世界上有一個古老的民族，他們雖然有五千多年的文化和歷史，他們除了不斷受到外來的欺侮，卻一代一代地奴役自己、欺騙自己，甚至互相殺害。愚蠢的民族，可憐的民族！可悲的民族！醒醒吧！中華民族！

甘到極時便覺苦
苦到盡時反甘甜
人生際遇輪流轉
命到窮時又豐年

人生四樂
少年得志
青年創業
中年成名
老年善終

別人妻子，自己孩子，別人房子，自己文章，總是最好的。自己妻子，別人孩子，自己房子，別人文章，總覺差些。

無情總是有情，
有情總覺無情。
這樣被情字弄到神魂癲倒，
不如索性來一次絕情好了。

人生四苦

天寒飲冰水

天熱蓋綿胎

功名皆落第

袋中缺文錢

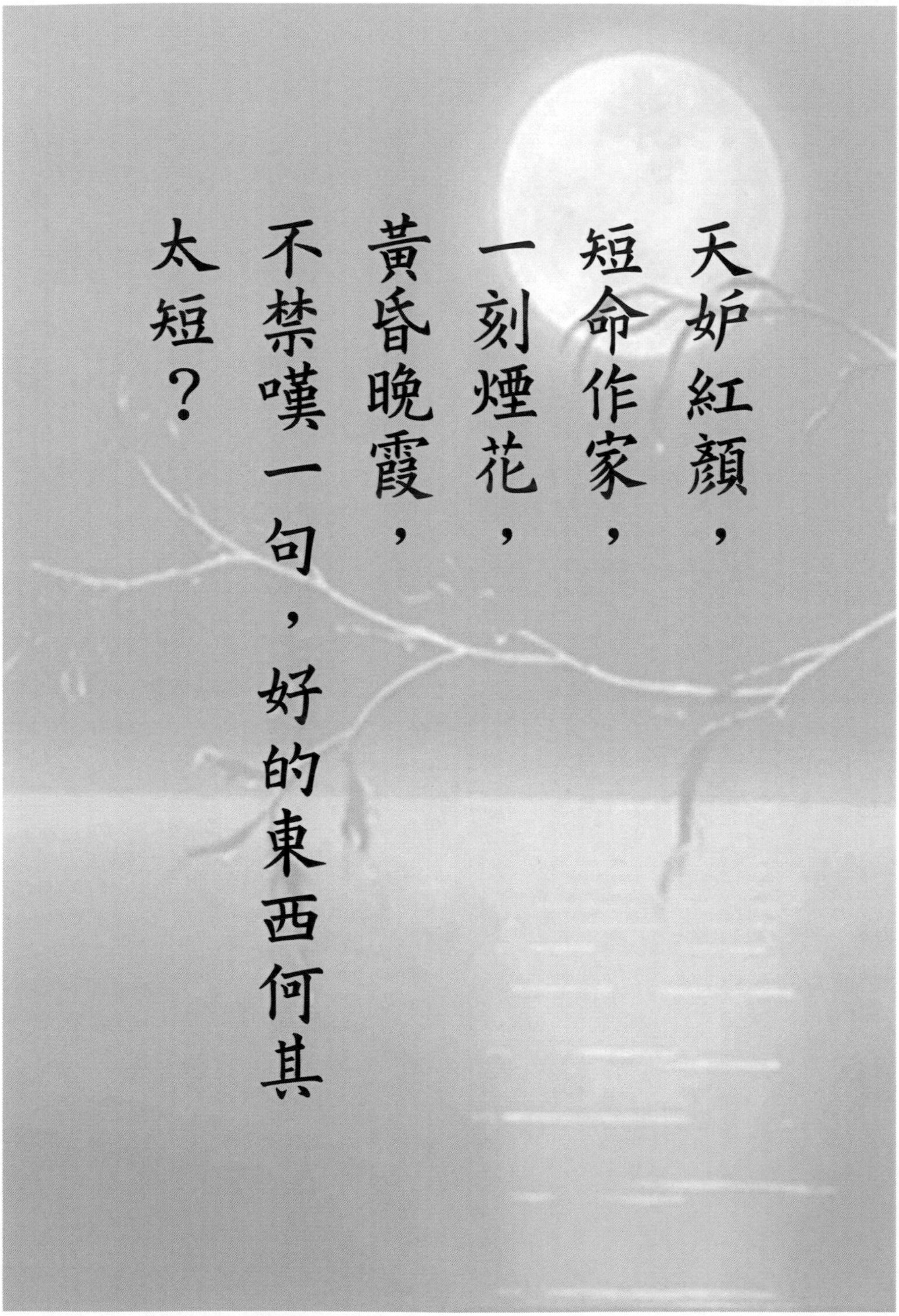

天妒紅顏，
短命作家，
一刻煙花，
黃昏晚霞，
不禁嘆一句，好的東西何其
太短？

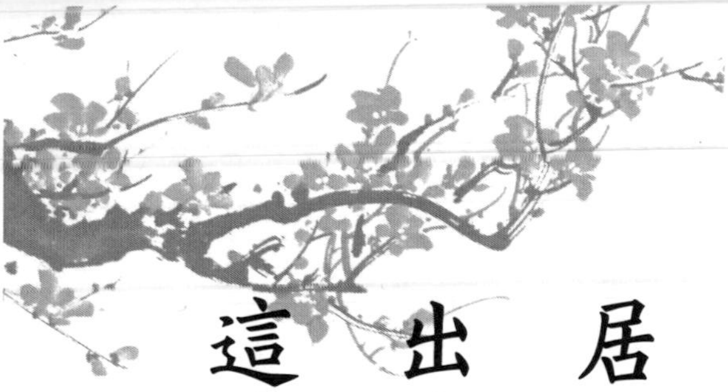

衣著追潮流
食物選一流
居住須豪宅
出外顯派頭
這就是上等人了

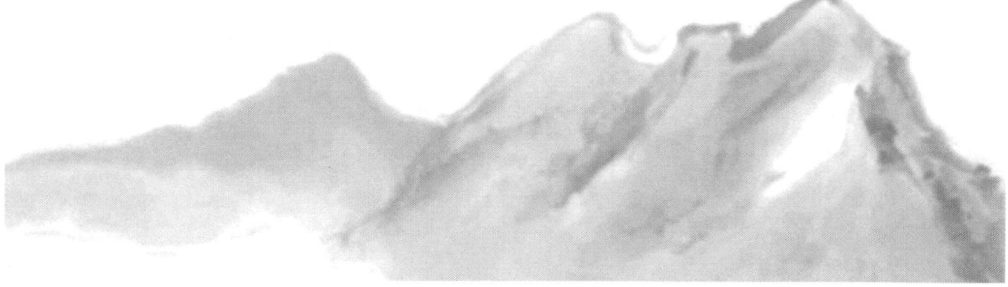

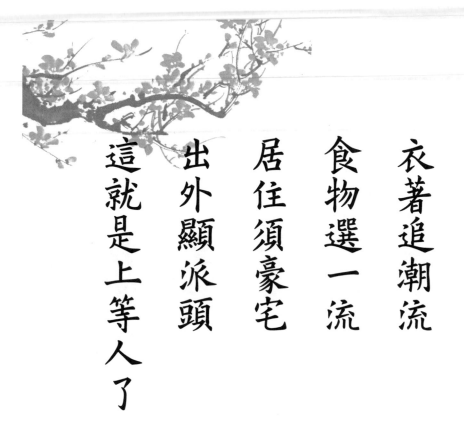

流星雖耀眼，可惜轉眼即逝。不若月亮柔和的光，常掛天邊，滌你愁腸，撫你心靈。

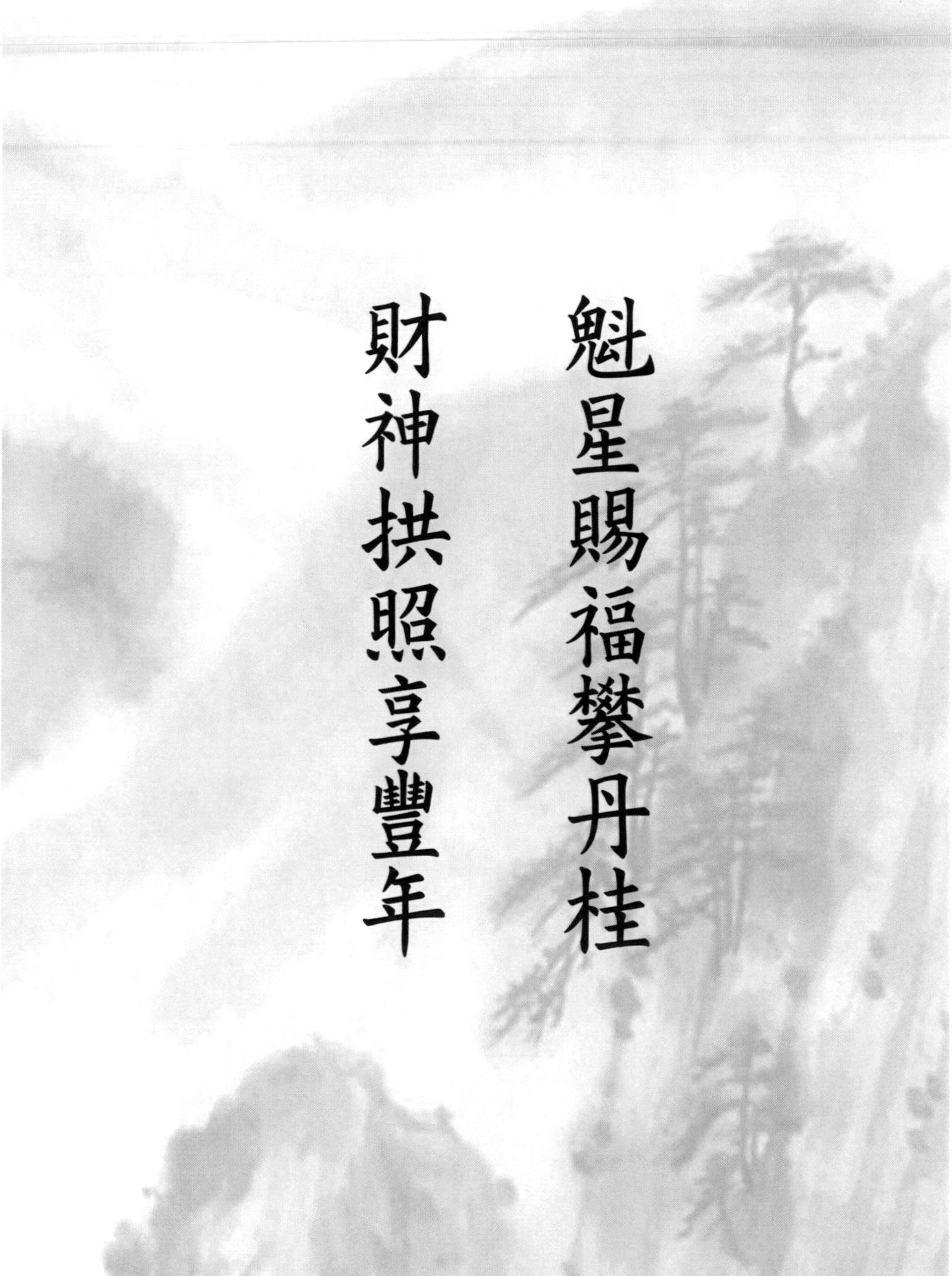

魁星賜福攀丹桂

財神拱照享豐年

與聰明人辯論越辯越精彩

與愚昧人辯論越辯越糊塗

雖居斗室而覺舒暢
雖啖黃連而覺甘甜
雖衣麻布而感滿足
這都是自鳴清高之士自我安慰的阿Q精神

判別一個人的性格是要細心觀察他的日常行為、言語和他對外來發生的事的反應，甚至生活上的小動作而作判斷的。

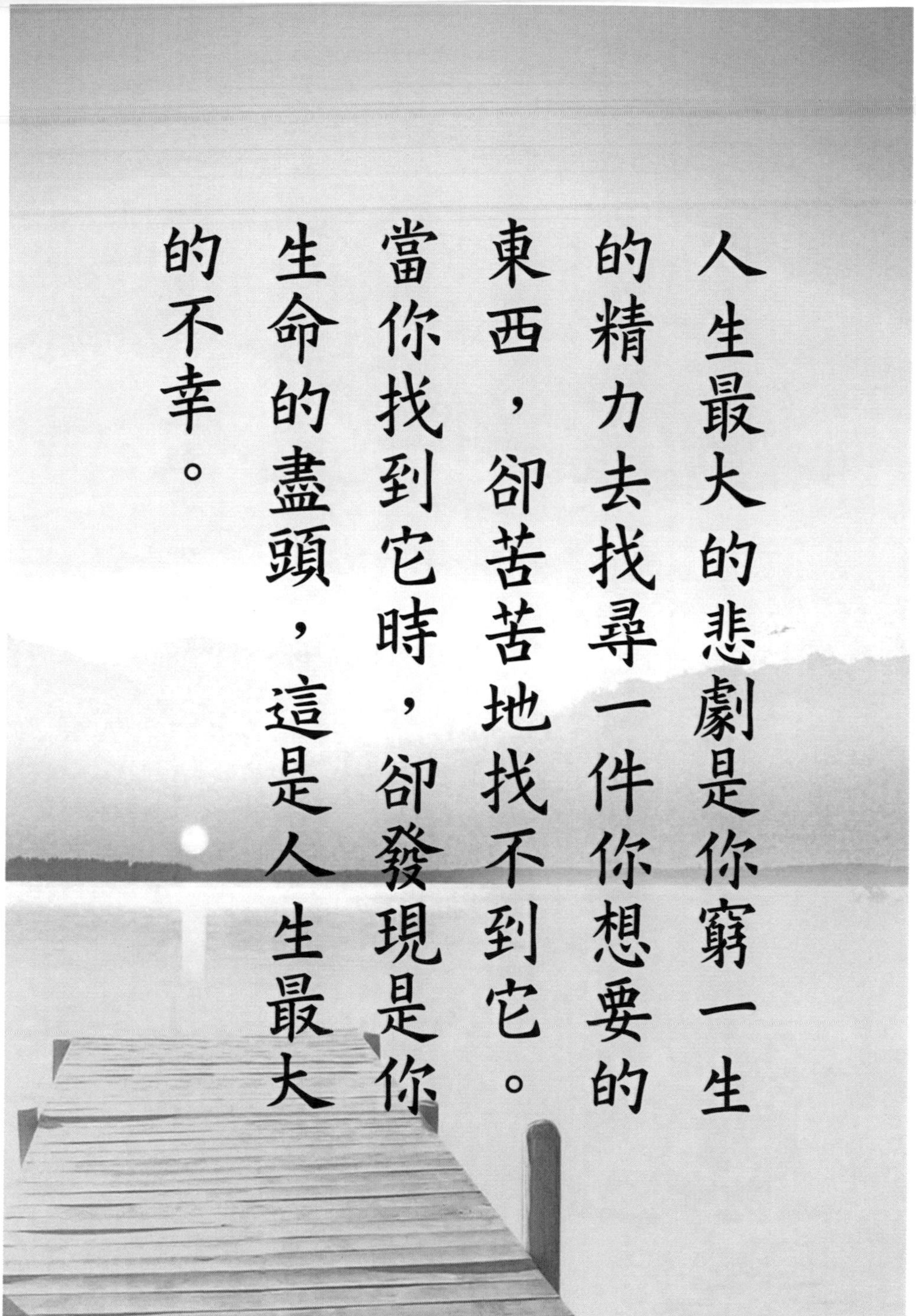

人生最大的悲劇是你窮一生的精力去找尋一件你想要的東西，卻苦苦地找找不到它。當你找到它時，卻發現是你生命的盡頭，這是人生最大的不幸。

「心理學」是一種可以有機會進入別人的心中、思想中，從而了解他的想法和取向，是一門控制別人的學問。

年輕人往往容易受騙，一是金錢，二是愛情。兩者比較，後者傷痛往往比前者更深，後者可便他終身難忘。

就算人類在宇宙中找到了其他星球適合他們移民，這也是無用。他們還不是每個人都帶著一個充滿自私，貪婪的心把其他的星球污染了。

群魔亂舞烽煙急
眾鬼橫行亂凡塵
從來邪不能勝正
正氣一臨靖乾坤

情緒控制你的性格，只要你能夠控制你的情緒，便會有美好的性格了。

人其實有兩種不同的表現，一種是暗裡不為人見的真我，另一種是表演在人前的我。兩者有時是百分之百的不同，原則上他是一個雙面人。

三代同堂今少見
四維處世恐難尋
五體不勤矚目是
六親不認遍凡塵

欣賞美好身裁女性的反應如下：

輕紗蓋胸最誘人

伸展美腿最迷人

裹前露背最引人

全身赤裸殺死人

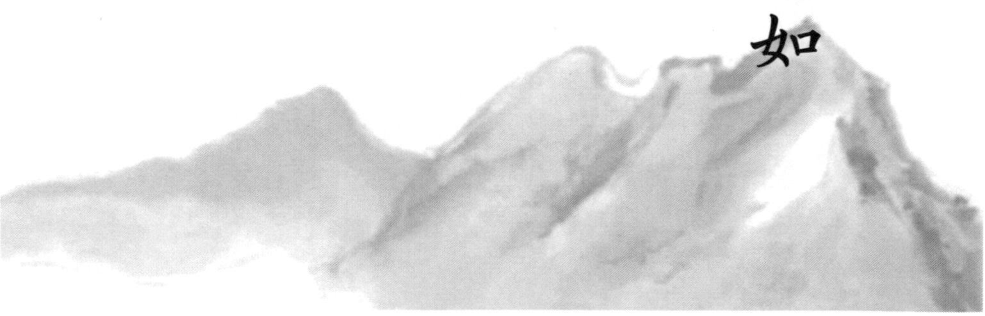

金銀滿屋「富」還覺不足。
家徒四壁「窮」活得滿足！

信仰與迷信的分別是信仰是在理性之中相信有神的存在。迷信是在沒有理性地盲目相信鬼神的存在。

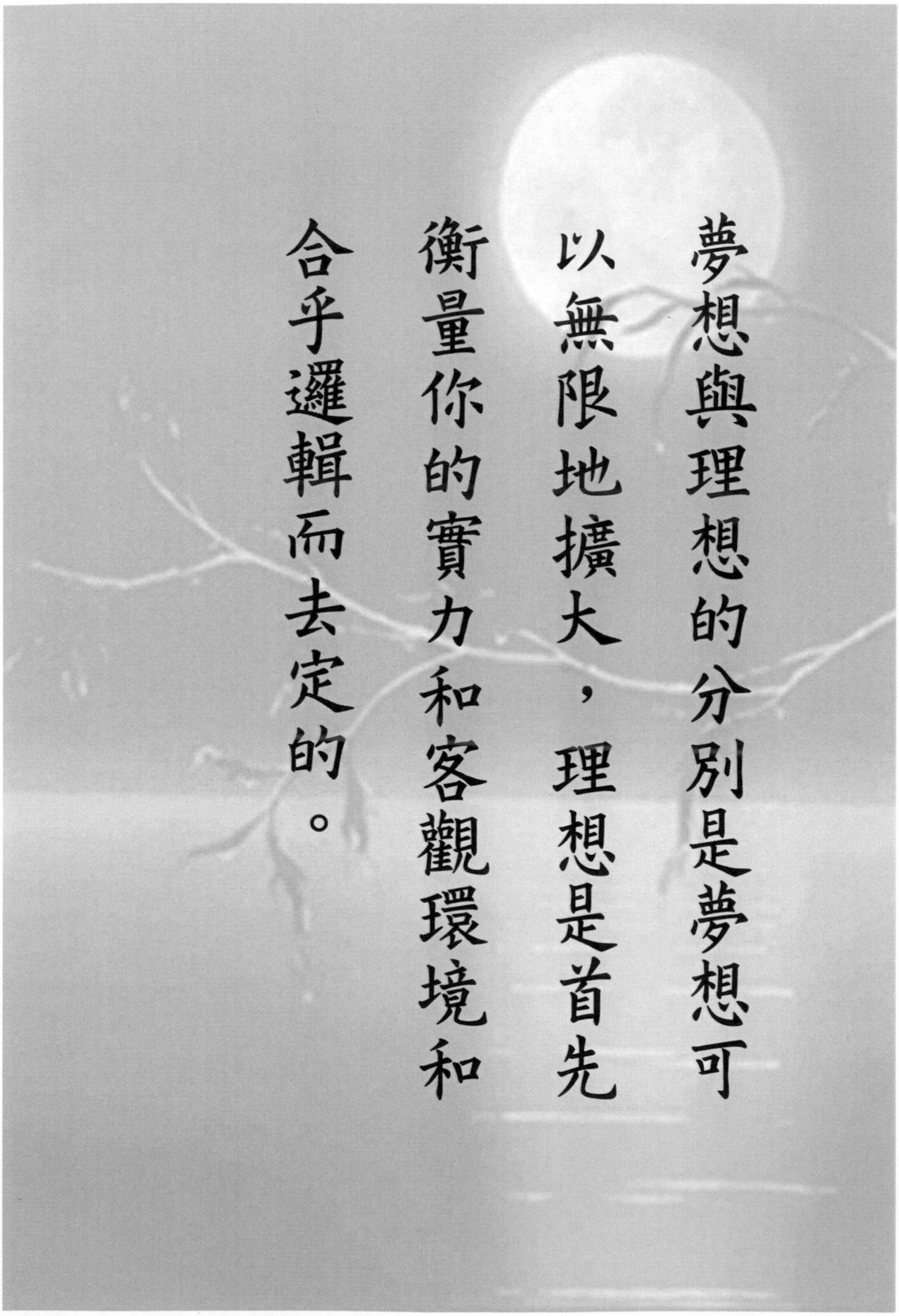

夢想與理想的分別是夢想可以無限地擴大，理想是首先衡量你的實力和客觀環境和合乎邏輯而去定的。

億萬家財嘆命短
一貧如洗怨命長

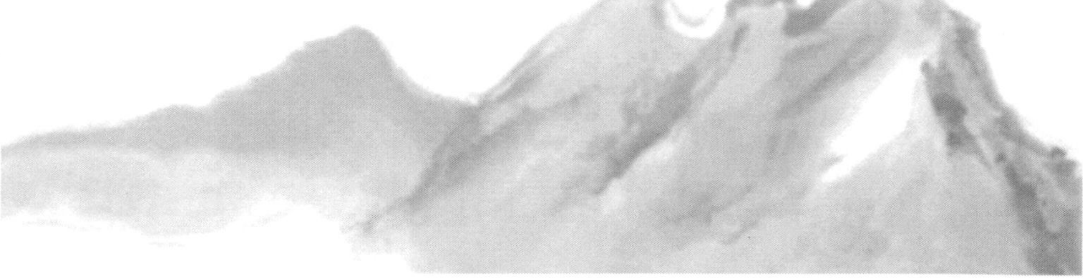

自卑像割肉
自大如蛀骨
兩者都對健康有害

魔鬼身裁，天使面孔，有甚麼可取？原則上她只是一隻怪物。

惡人的惡，不會存有一點的善；善人的善，也不會存有一點的惡。所謂「善惡分明」，絕不含糊。

「戰無不勝」，不去戰沒有勝。
「戰無不敗」，不去戰那有敗？

歌唱與哭泣同樣感人心弦，
分別的是歌聲常常使人心
醉，哭泣使人心碎。

醫生必須能夠做到「三心兩意」才算是一個好的醫生。三心者：（一）看病要細心；（二）對病人要有父母之心；（三）對病人家屬有同情心。兩意者：（一）判症不可大意；（二）開藥不可隨意。

金蟾識脫殼
逃難須棄袍
但求脫險境
全裸免窮途

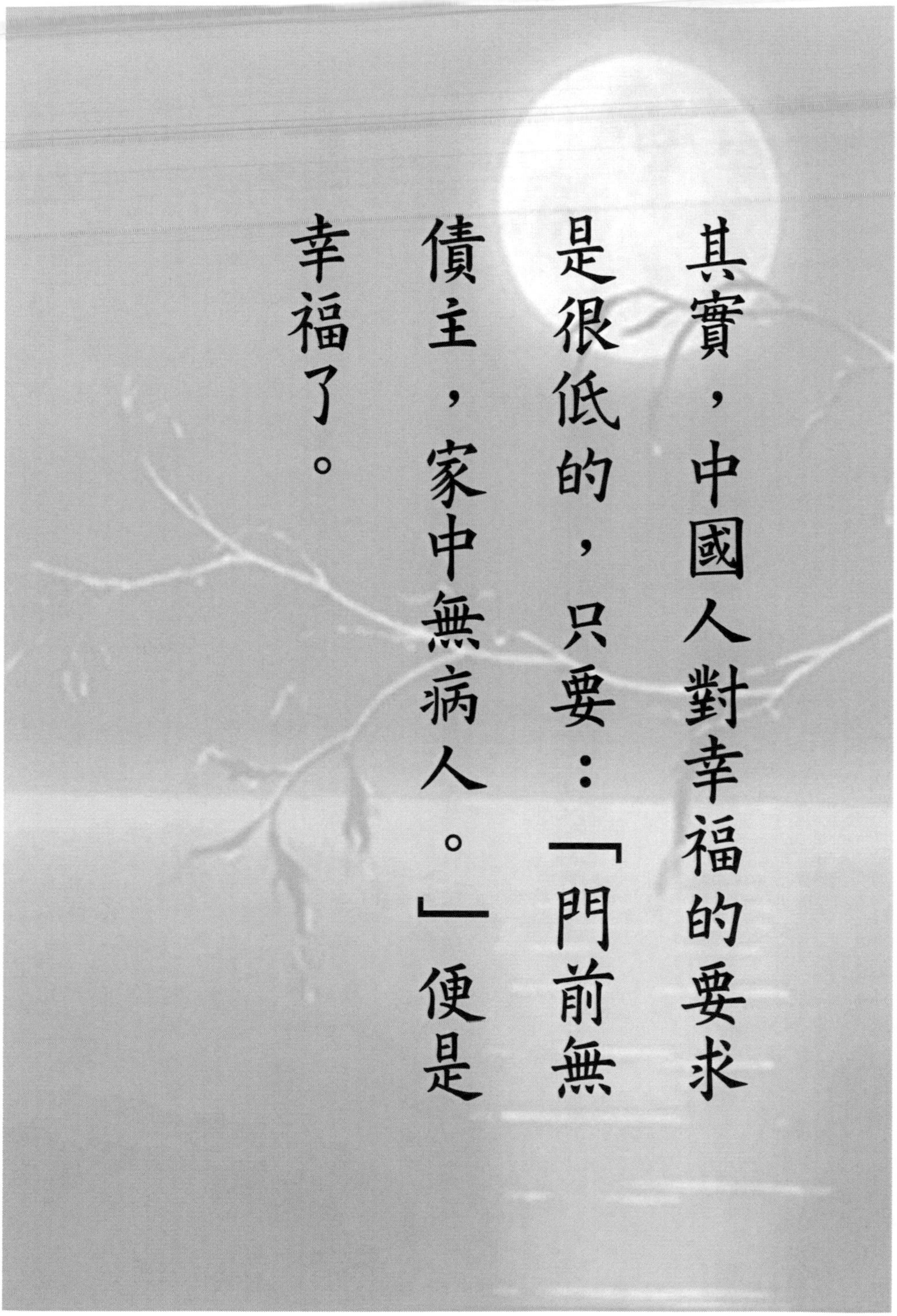

其實，中國人對幸福的要求是很低的，只要：「門前無債主，家中無病人。」便是幸福了。

高山覽景窺全豹
井底觀天只一隅
英雄著眼天下事
愚子目光在眼前

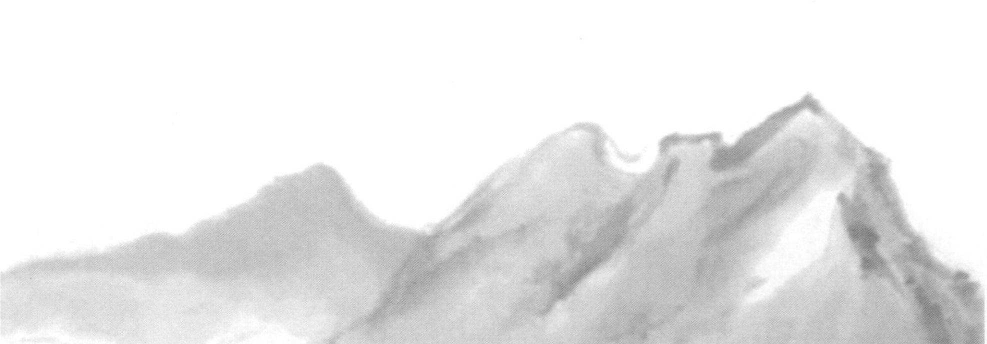

危機不一定是不好的。其實危機往往暗藏著無限商機，只要你看透了其中玄機，你便有機了。

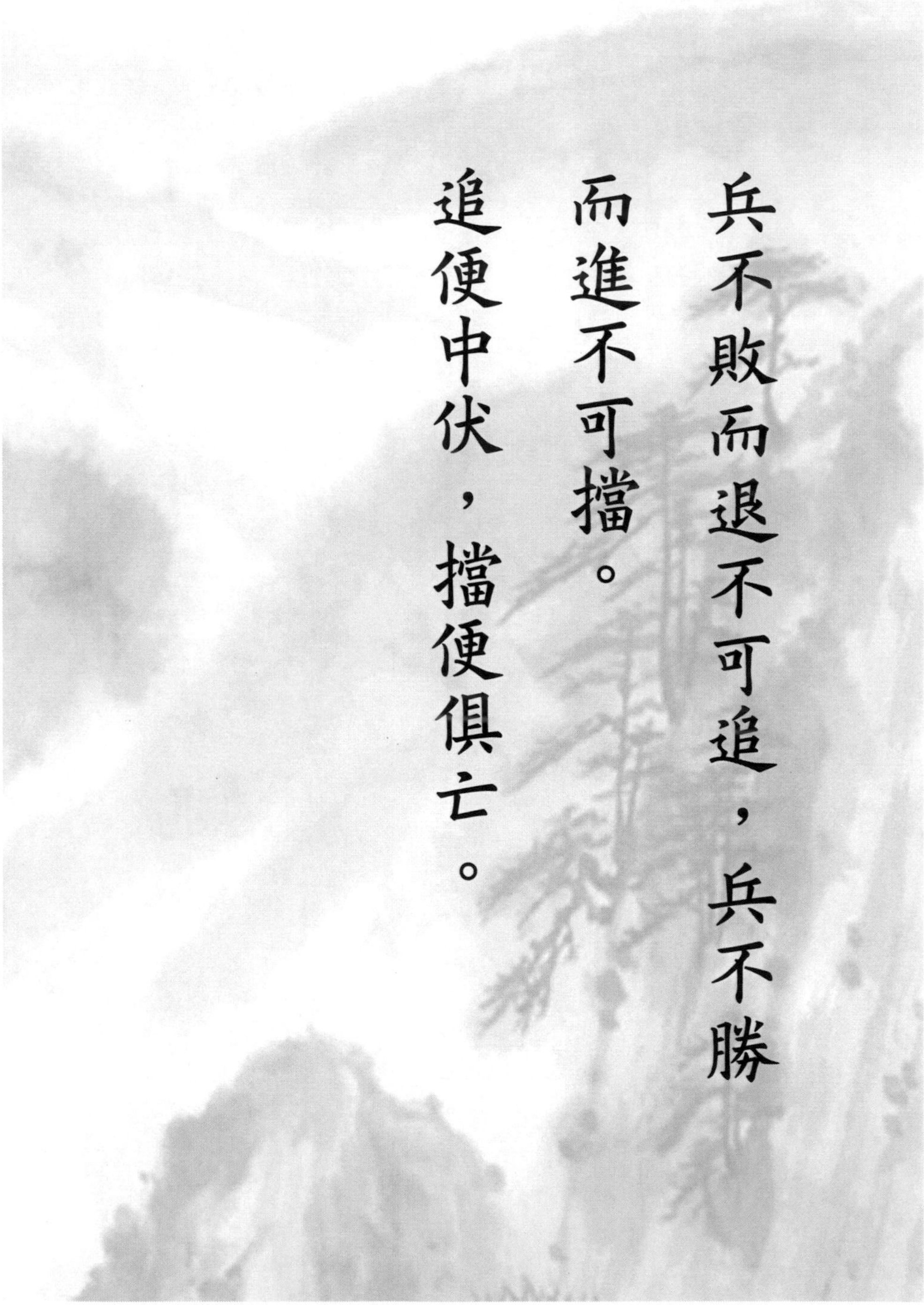

兵不敗而退不可追，兵不勝
而進不可擋。
追便中伏，擋便俱亡。

月照東窗難入睡
蟲鳴西廂更難眠
心中有事難下嚥
家有離人心惘然

人多好做事
飯少怕人多
人少盡全力
人多招懶怠

不以朋友多而自誇
不以朋友少而自卑
酒肉朋友多也無用
知心好友一個已夠

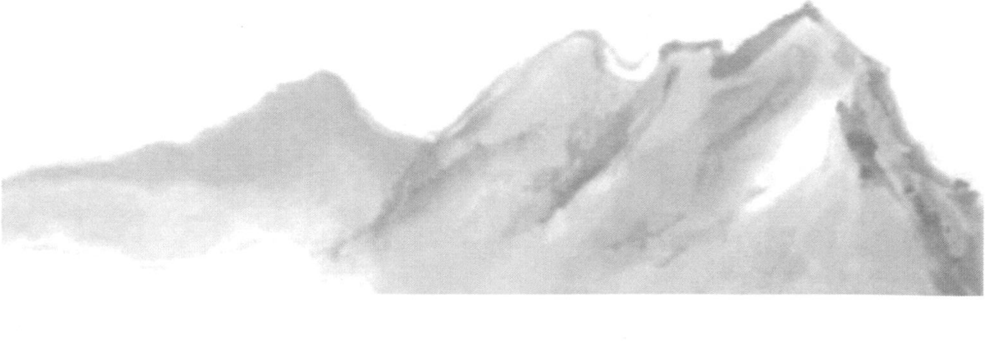

青年人有叛逆，不畏強權，思想大膽，敢於創新，不錯，不錯，行動勇武。但叛逆必須有理，思想大膽必須正確，創新必須實際，勇武必須正義。否則，他們只是一群野獸。

非我族類難依靠
同根生果味相同

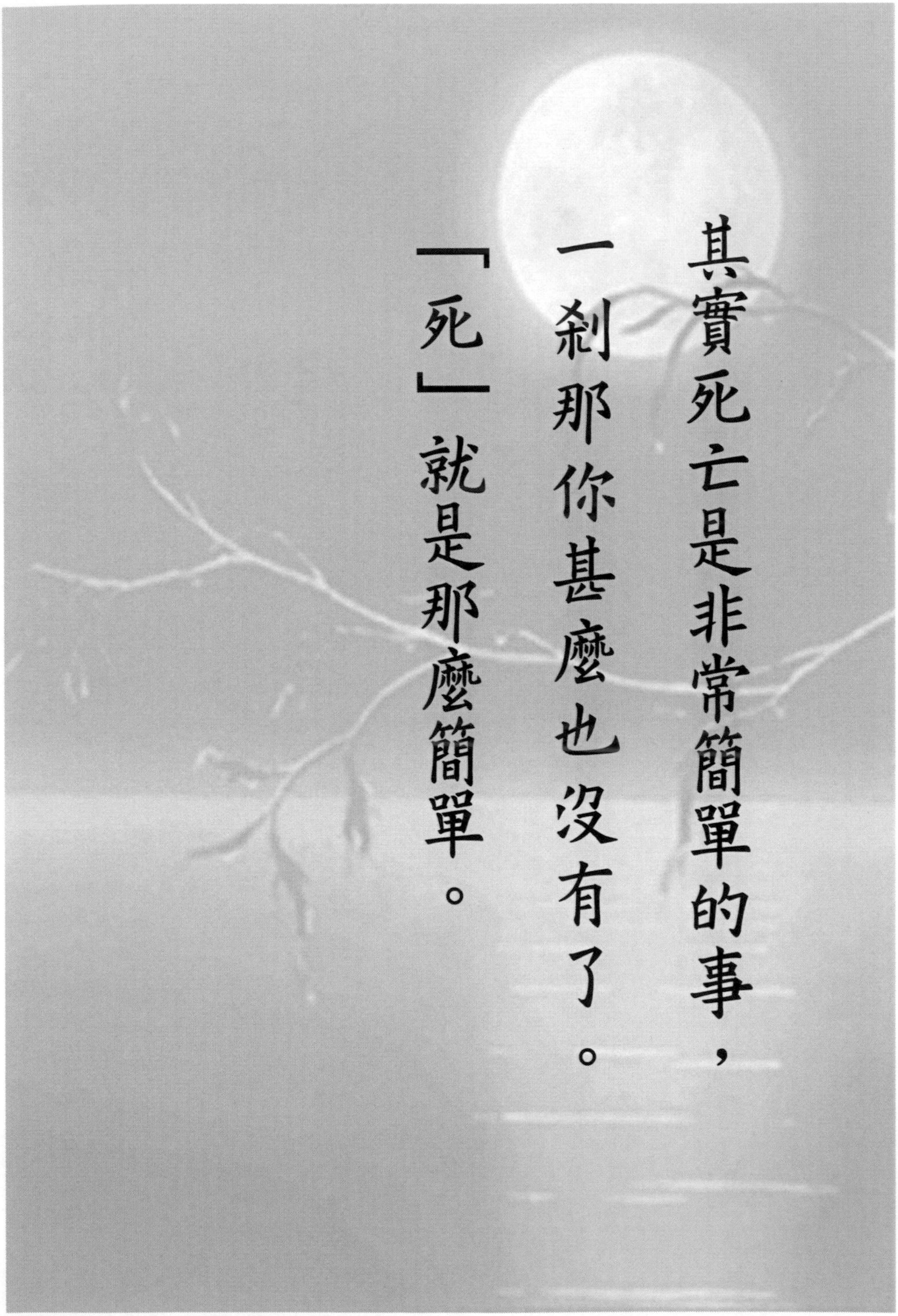

其實死亡是非常簡單的事，
一剎那你甚麼也沒有了。
「死」就是那麼簡單。